Rin Usami

Idol in Flammen

Kiepenheuer & Witsch

Rin Usami

Idol in Flammen

Roman

Aus dem Japanischen von Luise Steggewentz

Mein Idol steht in Flammen. Er soll einen Fan geschlagen haben. Noch ist kein einziges Detail bekannt. Und obwohl noch nichts bekannt ist, ist das Netz über Nacht zu einem Fegefeuer geworden. Die schwüle Hitze hat mich schlecht schlafen lassen, aber vielleicht hat mich auch eine böse Vorahnung geweckt. Als ich nach meinem Handy greife, um nach der Uhrzeit zu sehen, ist in den sozialen Netzwerken bereits die Hölle los. <Masaki soll einen Fan geschlagen haben> lesen meine müden Augen, und für einen Moment fühle ich mich wie im Film. An der Rückseite meiner Oberschenkel klebt Nachtschweiß. Nachdem ich im Netz die Nachrichten gecheckt habe, kann ich mich nur noch auf mein Bett kauern, von dem die dünne Sommerdecke heruntergefallen ist, und zusehen, wie sich die Posts vervielfältigen und die Flammen um sich greifen, wobei mich nur eins interessiert: Wie geht es meinem Idol?

<Bist du okay?> Narumis Message legt sich wie ein Balken über Masakis Augen auf dem Sperrbildschirm, wodurch sein Bild wie ein Verbrecherfoto aussieht.

»Bist du okay?«, fragt Narumi noch einmal, als sie sich am nächsten Morgen in letzter Sekunde zu mir in die Bahn stürzt. Sie spricht offline genau wie online. »Nichts ist okay«, sage ich, während mir auffällt, dass Narumis mitleidiges Gesicht mit den aufgerissenen Augen und besorgt zusammengezogenen Brauen wie ein Emoji aussieht. »Stimmt, wie auch.« »Ja, wie auch.« Narumi, die die obersten zwei Knöpfe ihrer Schuluniformbluse geöffnet hat, lässt sich in den Sitz neben mir fallen, und ich nehme den frischen Zitrusduft ihres Deos wahr. Ich entsperre meinen Handybildschirm, auf dem ich im grellen Sonnenlicht kaum etwas erkennen kann, mit 0815, Masakis Geburtsdatum, und gehe ohne nachzudenken auf eine Social-Media-App, die voll mit den geistigen Ausdünstungen unzähliger Menschen ist.

»Harter Shitstorm?«, fragt Narumi und zückt ebenfalls ihr Handy. In ihrer durchsichtigen Smartphonehülle stecken kleine dunkle Fotos. »Hey, Polaroids«, sage ich. »Mega, oder?« Narumi grinst unbekümmert wie ein Line-Sticker. Sie wechselt ihre Gesichtsausdrücke wie Emojis und spricht nur in knappen Sätzen. Bei ihr wirkt das nicht falsch oder aufgesetzt, vermutlich will sie sich selbst bloß so stark wie möglich vereinfachen. »Wie viele Fotos hast du gemacht?« »Zehn.« »Wow, krass, aber das heißt ja ... zehntausend Yen?« »Wenn man den Wert bedenkt ... oder?« »Günstig. Megagünstig.«

Die Underground-Boyband, auf die Narumi gerade steht, bietet ihren Fans den Service, nach Konzerten zusammen mit dem jeweiligen Idol bezahlte Polaroids zu machen. Auf den Fotos, die Narumi mir zeigt, hat sie ihre langen Haare zu einem hübschen Zopf geflochten. Auf manchen legt ihr Idol den Arm um sie, oder die beiden drücken ihre Wangen aneinander. Bis zum letzten Jahr war Narumi Fan einer bekannten Idol-Band, aber jetzt lautet ihr Motto: »Lieber unbekannt, aber mit Anfassen, als bekannt, aber ohne.« »Komm doch mal mit, Akari, es macht süchtig. Dein Idol erkennt dich, du kannst ihn Backstage treffen, und ihr könntet sogar zusammenkommen.«

Ich will Masaki gar nicht anfassen. Klar gehe ich auch zu Events, bei denen ich ihm die Hand schütteln darf, aber eigentlich will ich in der Masse der Fans verschwinden. Ich will zu einem Teil des Applauses, der Jubelrufe, der anonymen Danke-Kommentare unter einem seiner Posts werden.

»Als ich ihn umarmt habe, hat er mir das Haar aus dem Gesicht gestrichen, und erst dachte ich, es hätte sich was darin verfangen, aber dann«, Narumi senkt ihre Stimme, »meinte er, ich würde gut riechen.«

»Heftig«, sage ich mit Betonung auf dem E. »Ja, oder? Also für mich gibt's kein Zurück.« Narumi steckt die Polaroids wieder in ihre Handyhülle. Der Sänger, von dem sie bis zum letzten Jahr geschwärmt hat, hat alles hingeschmissen, um im Ausland zu studieren. Nach der Pressemitteilung kam Narumi drei Tage lang nicht zur Schule.

»Versteh ich«, antworte ich. Der Schatten eines Strommasts wandert über unsere Gesichter. Narumi senkt abrupt den Kopf, als ob sie es bereut, so viel Freude zur Schau gestellt zu haben, und während sie auf die rosa Kniescheiben ihrer ausgestreckten Beine starrt, flüstert sie ernst: »Jedenfalls bist du total stark, Akari, dass du heute trotzdem zur Schule gehst. Echt stark, dass du noch gehst.«

»Hast du gerade ›echt stark, dass du noch gehst‹ gesagt?«

»Ja, wieso?«

»Erst habe ich ›echt stark, dass du noch lebst‹ verstanden.«

Narumi hustet, als hätte sie sich am Lachen verschluckt. »Das natürlich auch«, sagt sie.

»Das eigene Idol ist wirklich eine Sache von Leben und Tod«, sage ich.

Danke, dass du geboren wurdest; ich sterbe, wenn ich kein Konzertticket kriege; ich heirate ihn, wenn sich unsere Blicke treffen – Fans neigen zu Übertreibungen und Narumi und ich sind da keine Ausnahmen, aber diesmal meine ich es ernst. Ich finde es nicht richtig, nur verheiratet zu sein, wenn es gerade gut läuft, und so halte ich es auch mit meinem Dasein als Fan, also tippe ich: <Mein Idol bleibt mein Idol, in guten wie in schlechten Zeiten.> Die Bahn hält an, und das Zirpen der Zikaden wird lauter. Ich drücke auf Teilen. Von neben mir bekomme ich einen Like.

Ich habe vergessen, meinen Rucksack nach Masakis letztem Konzert auszuräumen. In der Schule kann ich nur den Kugelschreiber und die leeren Zettel zum Notieren meiner Eindrücke gebrauchen, also schaue ich in Klassisches Japanisch bei meiner Sitznachbarin ins Buch, leihe mir das Mathebuch aus und stehe im Schwimmunterricht am Beckenrand, weil ich natürlich auch keinen Badeanzug dabeihabe.

Beim Schwimmen ist mir das nie aufgefallen, aber vom Rand aus wirkt das Wasser, das über dem gefliesten Boden Wellen schlägt, irgendwie schleimig. Nicht Schmutz oder Sonnencreme, sondern etwas Abstrakteres, Fleischähnliches scheint sich darin aufzulösen. Wasser schwappt auf die Füße von uns Beobachterinnen. Die Zweite ist ein Mädchen aus der Nachbarklasse. Sie trägt über ihrer Sommeruniform eine dünne weiße Kapuzenjacke mit langen Ärmeln und steht ganz nah am Rand, wo sie wie ich Schwimmbretter verteilt. Jedes Mal, wenn Wasser auf ihre nackten Füße spritzt, sticht mir das krasse Weiß ihrer Haut in die Augen. Die nassschwarzen Badeanzüge und Badehosen, die aus dem Wasser kommen, sehen auch schleimig aus. Meine Mitschüler greifen nach dem silbernen Geländer oder stützen sich auf dem gelb geriffelten Beckenrand ab und erinnern mich an Seerobben, Delfine oder Killerwale, die bei einer Aquarium-Show ihre schweren Körper auf die Bühne hieven. Sie nehmen sich nacheinander ein Brett von den Stapeln, die wir ihnen entgegenhalten, und während sie sich bedanken, trieft Wasser von ihren

Wangen und Oberarmen und hinterlässt auf den trockenen hellen Brettern dunkle Flecken. Mein Fleisch ist schwer. Meine Füße, die beim Auftreten Wasser hochspritzen lassen, meine sich jeden Monat häutende Gebärmutter, alles an meinem Körper fühlt sich schwer an. Gerade erklärt Kyoko, unsere mit Abstand jüngste Lehrerin, dass man die Arme im selben Rhythmus wie die Beine bewegen und die Oberschenkel anspannen müsse. »Nur mit den Füßen zu strampeln, wie es einige von euch tun, kostet viel zu viel Kraft.«

Wir haben auch Biologie bei Kyoko. Sie sagt Wörter wie Eierstöcke oder Schwellkörper so emotionslos, dass es zum Glück nicht peinlich wird, aber die Vorstellung, dass wir im Grunde dieselbe Funktion wie Tiere erfüllen, lastet trotzdem schwer auf mir.

So wie Bettwäsche zerknittert, nur weil jemand darin schläft und wieder aufwacht, hinterlässt das Leben bei einem Menschen Spuren, nur weil er zufällig lebt. Man muss die Gesichtsmuskeln heben, um sich zu unterhalten, sich waschen, weil der Körper Schmutz produziert, die Nägel schneiden, weil sie wachsen. Aber ich schaffe nicht einmal dieses absolute Minimum, selbst wenn ich meine ganze Kraft dafür aufbringe. Immer schlägt mein Körper viel zu früh einen anderen Weg als mein Wille ein.

Auf Empfehlung der Schulpsychologin habe ich mich einmal untersuchen lassen und zwei Diagnosen erhalten. Aber weil mir von den verschriebenen Medikamenten schlecht wurde, schwänzte ich meine Arzttermine, bis ich irgendwann gar keinen Antrieb mehr hatte, in die Klinik zu gehen. Dass diese Schwere in meinem Körper endlich einen Namen bekommen hatte, erleichterte mich anfangs, aber ich merke auch, wie sich ein Teil von mir seitdem noch mehr darauf stützt und daran festklammert. Ich kann der Schwere nur entkommen, wenn ich mich mit Masaki, mit meinem Idol, beschäftige.

Meine allererste Kindheitserinnerung ist eine grüne Gestalt, zu der ich von unten aufschaue. Der damals zwölfjährige Masaki spielte die Rolle des Peter Pan. Ich war vier Jahre alt. Mein Leben hat also sozusagen damit begonnen, dass mein Idol an einem Draht hängend über meinem Kopf schwebte.

Zu meinem Idol ist er allerdings erst viel später geworden, und zwar an dem Tag, als ich, kurz nach meinem Eintritt in die Highschool, das Training für das Sportfest im Mai schwänzte und stattdessen unter meiner dünnen Bettdecke lag, aus der beide Arme und Beine herausschauten. An meinen langen Zehennägeln haftete noch die Erschöpfung vom vielen Herumrennen. Das leise Geräusch eines Ballspiels in meinen Ohren. Mit jedem dumpfen Aufprall tauchte mein Bewusstsein knappe anderthalb Zentimeter weiter aus der Tiefe des Schlafs auf.

Ich hatte den Sportanzug, den ich zwei Tage zuvor in Vorbereitung auf das Training gewaschen hatte, nicht mehr finden können. Um sechs Uhr morgens hatte ich in Schuluniformbluse und Unterwäsche mein ganzes Zimmer abgesucht, doch der Anzug war nicht auffindbar, weshalb ich mich zurück in den Schlaf geflüchtet hatte, aus dem ich erst mittags wieder erwachte. Natürlich hatte sich nichts an meiner Situation geändert. Mein durchwühltes Zimmer glich dem Spülbecken in dem Lokal, in dem ich jobbte, es war nicht dagegen anzukommen.

Als ich die Dinge unter meinem Bett hervorzog, kam eine angestaubte grüne DVD zum Vorschein. Es war ein Mitschnitt des Peter-Pan-Theaterstücks, das ich als Kind besucht hatte. Ich schob die DVD in den Player und sah das farbenfrohe Intro. Ab und zu zogen Streifen über das Bild, die Disc schien also beschädigt zu sein.

Das Erste, was ich spürte, war Schmerz. Ein kurzes, dumpfes Stechen, das sich in meinen Körper bohrte und kurz darauf von einem Gefühl wie bei einem heftigen Stoß abgelöst wurde. Während der Junge auf dem Bildschirm seine Hände an den Fensterrahmen legte, heimlich ins Zimmer glitt und in seinen Stiefelchen durch den Raum schwebte, fraßen sich die Spitzen seiner Schuhe in mein Herz und stießen es mühelos in die Höhe. Ich kannte diesen Schmerz. Eigentlich hatte er sich damals in meinem ersten Highschool-Jahr schon so lange mit meinem Fleisch vertraut gemacht, dass er sich normalerweise versteckt hielt und nur manchmal wie eine plötzliche Erinnerung als Taubheitsgefühl bemerkbar machte. Doch in diesem Moment spürte ich ihn so stark wie eine Vierjährige, die hinfällt und als natürliche Reaktion in Tränen ausbricht. Es war, als strahlte der Schmerz in alle Richtungen aus, als gebe er meinem Körper die Empfindungen zurück. In dem körnigen Videobild ergossen sich Farbe und Licht, und die Welt wurde klarer und heller. Ein kleiner grüner Körper, der sanft an das Bett eines Mädchens schwebt und ihr kurz auf die Schulter klopft. Er schüttelt sie. Wach auf, ertönt seine glockenklare Stimme, und ich dachte, ja, das ist wirklich Peter Pan. Es ist derselbe Junge, der damals über meinem Kopf geschwebt ist.

Peter Pans Augen funkeln frech, während er seinen gesamten Rollentext laut herausschreit. Er betont alles gleich, rattert die Sätze herunter und macht übertriebene Gesten, aber während er Luft holt und angestrengt Laute von sich gibt, bringt er mich dazu, im selben Rhythmus ein- und wieder auszuatmen. Ich versuche, mit ihm zu verschmelzen. Wenn er rennt, spannen sich meine blassen, untrainierten Oberschenkel an. Wenn er weint, weil ein Hund seinen Schatten zu fassen bekommen hat, will ich ihn in meine Arme schließen, denn seine Traurigkeit ist auf mich übergesprungen. Mein erstarrtes Herz wird langsam weich, pumpt schwerfällig Blut in meinen Körper und lässt Hitze zirkulieren. Ich kann diese Hitze nirgendwohin abgeben, also sammelt sie sich in meinen geballten Fäusten und gekreuzten Oberschenkeln. Jedes Mal, wenn Peter Pan mit seinem kleinen Schwert herumfuchtelt, in die Enge getrieben wird oder ihn die Waffe seines Gegners streift, fühle ich mich, als legte mir jemand eine Klinge an die Organe. Als er dann den Kapitän über die Reling stößt und aufschaut, jagt mir sein eiskalter Blick, der gar nicht mehr kindlich wirkt, einen Schauder über den Rücken.

»Oha«, entfährt es mir. Heftig, wie grausam!, füge ich im Stillen hinzu. Ja, ein solcher Junge würde die Hand von Käpt'n Hook abtrennen und sie an ein Krokodil verfüttern, denke ich. »Heftig, wie grausam!« Diesmal sage ich es laut, weil außer mir sowieso niemand im Haus ist. »Ich will auch ins Nimmerland«, füge ich hinzu, ohne nachzudenken, und merke erst hinterher, wie ernst es mir damit ist.

»Ich will nicht erwachsen werden«, sagt Peter Pan mehrmals im Theaterstück. Er sagt es, als er zu seinem Abenteuer aufbricht, und als er zurückkommt, um Wendy und ihre Brüder nach Hause zu bringen. Während ich ihm zuhöre, scheint in meinem tiefsten Innern etwas zu zerplatzen.

Ich hatte diese Wortreihe schon oft gehört, ohne ihr Beachtung zu schenken, aber damals ordnete sie sich für mich neu. Ich will nicht erwachsen werden. Komm, wir gehen ins Nimmerland. Meine Nasenspitze wurde heiß. Ich hatte das Gefühl, der Satz gelte mir. Er hallte stumm in meiner Kehle wider, und auch meine Augenwinkel wurden heiß. Der rosarote Mund des Jungen schien meinem Hals dieselben Worte entlocken zu wollen, die er gerade sagte. Doch statt Worten kamen Tränen. Es war, als sagte mir jemand, ich dürfe mich elend fühlen, weil ich mit dieser erdrückenden Schwere erwachsen werden musste. Sein kleiner Körper ließ vor meinem inneren Auge Gestalten von Menschen erscheinen, die dasselbe durchmachten wie ich. Ich war mit ihm und mit vielen anderen, die hinter ihm standen, verbunden.

Peter Pan stampfte kräftig auf den Boden der Bühne, und als er dann in die Luft schwebte, rieselte Goldstaub aus seinen Händen. Ich weiß noch, wie ich nach dem Theaterstück selbst kräftig auf den Boden stampfte und auf und ab hüpfte. Das war in der Garage meiner Großeltern, wo im Sommer immer der stechende Geruch des Molchschwanzes, der überall wucherte, in der Luft hing. Ich hatte mir den goldenen »Feenstaub«, den ich als Andenken aus dem Theater-Shop bekommen hatte, über den ganzen Körper gestreut und war drei-, viermal in die Luft gesprungen. Bei jeder Landung entwich den Schuhen mit den quietschenden Sohlen, die ich als Kind immer tragen musste, Luft, sodass sie ein besonders lautes Geräusch von sich gaben. Ich glaubte nicht wirklich daran, dass ich fliegen konnte, aber der Abstand zwischen dem Quietschen wurde mit jedem Mal ein bisschen länger, und ein Teil von mir hoffte doch, irgendwann gar nichts mehr zu hören. Bis ich landete, war mein Körper leicht, und diese Leichtigkeit kehrte als Sechzehnjährige zu mir zurück, während ich in Bluse und Unterwäsche vor dem Fernseher saß.

Masaki Ueno. Auf der DVD-Hülle, nach der meine bebende Hand wie von selbst gegriffen hatte, stand in runder Schrift sein Name, zu dem mir das Internet sofort das Gesicht eines Mannes ausspuckte, den ich schon aus dem Fernsehen kannte. Das ist also der Junge von damals, dachte ich. Wind wehte durch die jungen Blätter an den Bäumen, während ich meine innere Uhr, die damals eher nachging, auf den neuesten Stand brachte. Meine Sportkleidung hatte ich immer noch nicht gefunden, aber dafür hatte sich eine feste Gewissheit wie ein Pfeiler in mein Inneres gebohrt: Es würde sich alles richten.

Masaki Ueno singt, schauspielert und tritt in Talkshows auf, ist aber weder professioneller Sänger noch Schauspieler, sondern ein sogenanntes »Idol« und als solches Teil der Idolgruppe und Popband Mazamaza. Auf aktuellen Pressefotos konnte man sehen, dass die Pausbäckchen verschwunden waren und aus dem zwölfjährigen Jungen ein ruhig wirkender junger Mann geworden war. Ich sah mir Konzertaufnahmen, Filme und Fernsehprogramme mit ihm an. Stimme und Körperbau hatten sich verändert, aber er hatte noch immer denselben feindseligen Blick, der tief aus seinem Inneren zu kommen schien und den er nur ganz manchmal zeigte.

Der Blick erinnert mich immer daran, wie es sich anfühlt, etwas oder jemanden wütend anzustarren. Dabei spüre ich, wie eine gewaltige Energie, die weder positiv noch negativ ist, aus der Tiefe meines Seins emporquillt und ich weiß wieder, was es heißt zu leben.

In der Sendung kurz nach eins zeigt mein Idol genau diesen Blick. Meine Mitschüler haben sich nach dem Schwimmunterricht ihre nassen Handtücher um die Schultern gelegt und riechen nach Chlor. Es ist Mittagspause, und ich höre, wie im Klassenzimmer Stühle gerückt werden und Schüler über den Flur rennen. Ich sitze auf meinem Platz in der zweiten Reihe von vorn und stecke mir Kopfhörer in die Ohren. Ich spüre, wie sich meine Eingeweide in der unvollkommenen Stille zusammenziehen.

Die Sendung beginnt mit einer Aufnahme, die Masaki dabei zeigt, wie er seine Künstleragentur verlässt. Im Blitzlichtgewitter sieht er erschöpft aus. »Würden Sie uns ein paar Fragen beantworten?« Man hält ihm ein Mikrofon hin. »Ja.« »Stimmt es, dass Sie gegen einen weiblichen Fan die Hand erhoben haben?« »Ja.« »Wie ist es dazu gekommen?« Seine ausdruckslose Fassade bekommt einen winzigen Riss. »Ich bin der Meinung, dass ich und die betreffende Person diese Angelegenheit unter uns regeln sollten. Ich entschuldige mich trotzdem vielmals für alle Unannehmlichkeiten.« »Haben

Sie sich bei der Frau entschuldigt?« »Ja, habe ich.« »Wie wird es jetzt mit Ihrer Karriere weitergehen?« »Das weiß ich noch nicht. Ich spreche momentan mit der Agentur und den Bandmitgliedern.« Als Masaki gerade ins Auto steigen will, donnert ein Reporter hinter ihm: »Bereuen Sie überhaupt, was Sie getan haben?« Masaki dreht sich um, und in seinen Augen flackert ganz kurz eine starke Emotion auf, doch dann entgegnet er nur: »Tja.«

Während er davonfährt, spiegeln sich im schwarz glänzenden Lack der Limousine die Reporter und ihre Gerätschaften. <Was war das denn bitte?> <Hoffentlich zeigt er Reue und kommt zurück! Ich warte für immer und ewig auf dich, Masaki.> <Motzig werden, obwohl er's selbst verbockt hat ...> <Er ist bloß ungeschickt. Würde er doch einfach erklären, was passiert ist.> <Ich war schon auf zig seiner Konzerte, aber der Kerl ist für mich durch. Haben diese Fanatiker sie noch alle, die jetzt auch noch auf seinem Opfer herumhacken?> Ganz oben in der übervollen Kommentarzeile poppt auf: <Alle, die finden, er sieht wie einer aus, der auch seine Frau schlagen würde, bitte liken →→→>

Ich sehe mir das Video noch einmal an und schreibe die Unterhaltung auf. Masaki hat einmal im Newsletter des Fanclubs gesagt, dass er schwammige Aussagen wie »Tja«, »geht so« und »kann schon sein« nicht ertrage, also muss er seine letzte Antwort mit Absicht gewählt haben. Fast alles, was Masaki je im Radio oder Fernsehen gesagt hat, habe ich transkribiert, in über zwanzig Ordnern abgeheftet und in meinem Zimmer gelagert. Alle seine CDs, DVDs und Fotobände kaufe ich dreifach – eine Ausgabe zum Aufbewahren, eine zum Angucken und eine zum Verleihen. Fernsehprogramme nehme ich auf und sehe sie mir immer wieder an. Seine gesammelten Aussagen und Handlungen helfen mir, ihn besser zu verstehen. Mein Blog, in dem ich meine Analysen veröffentliche, hat mit der Zeit immer mehr Aufrufe, Likes und Kommentare bekommen. Jetzt kriege ich sogar Nachrichten wie <Ich bin Fan deines Blogs, Akari> und höre von Followern, dass sie auf meine Updates warten.

Es gibt so viele Arten, Fan zu sein, wie es Menschen gibt. Manche Fans bejahen religiös alles, was ihr Idol tut, andere meinen, ein echter Fan müsse auch Grenzen ziehen. Es gibt Fans, die in ihr Idol verliebt sind, aber kein Interesse an seiner Arbeit als Künstler haben, und Fans, die sich zwar keine Beziehung wünschen, aber trotzdem aktiv auf alle Posts reagieren. Dann gibt es die, die sich nur für die Musik interessieren und denen Skandale egal sind, und die, die aufs Geldausgeben für das eigene Idol fixiert sind, wobei anderen der Austausch in der Fangemeinde am wichtigsten ist.

Ich will den Menschen und sein Werk in ihrer Gesamtheit verstehen. Ich will die Welt aus Masakis Augen sehen.

Wann habe ich eigentlich angefangen, so zu denken?

Ich klicke mich durch meine alten Blogbeiträge und merke, dass es letztes Jahr war, etwa einen Monat nachdem ich zum ersten Mal auf ein Konzert von Mazamaza gegangen bin. In einem Beitrag, in dem ich eine Radiosendung mit Masaki transkribiert und meine Eindrücke zusammengefasst habe, schreibe ich etwas darüber. Die Sendung ist nur im Lokalradio gelaufen, weshalb es eine starke Nachfrage nach einer Mitschrift gab. Auch jetzt steht der Beitrag noch auf Platz fünf, was die Aufrufzahlen in meinem Blog angeht.

Hallo zusammen, gestern war Masaki im Radio. Der Beitrag war wirklich gut, aber die Sendung wurde nur in Kanagawa ausgestrahlt, deshalb möchte ich meine Mitschrift des interessantesten Teils hier mit euch teilen. Er fängt damit an, dass Masaki auf die Frage »Was ist deine erste Erinnerung ans Showbusiness?« antwortet. Ich habe alles, was der Radiosprecher Imamura sagt, in roter Schrift gekennzeichnet, und alles, was Masaki sagt, in blauer. Hier geht es los:

»Leider keine gute.«

»Das klingt interessant. Schieß los.«

»Ich erinnere mich noch genau daran, dass meine Mutter an meinem fünften Geburtstag zu mir meinte: ›Ab heute trittst du im Fernsehen auf, wir müssen jetzt zur Aufnahme.‹ Das kam einfach so aus dem Nichts. Sie brachte mich dann zu einem Filmset mit einem blauen

Himmel, Wolken und einem pastellfarbenen Regenbogen. Es war wie im Traum. Aber da, wo die Erwachsenen hektisch herumliefen, war es dunkel, und hinter einigen pechschwarzen Geräten stand meine Mutter in einem Kleid mit Hahnentrittmuster und winkte mir zu, so ... mit einer Hand vor der Brust. Sie stand nur knapp fünf Meter von mir entfernt, aber es sah aus wie ein Abschiedsgruß. Ich hätte fast losgeheult. Und dann kommt so ein Typ im Bärenkostüm auf mich zu und macht den hier. Sehen Sie?«

»Eine Siegerpose meinst du. Du musst wissen, dass Gestikulieren im Radio nichts bringt.«

»Ja, na klar (lacht). Jedenfalls guckt dieser Bär mit seinen glänzenden schwarzen Augen auf mich runter, und ich hätte am liebsten geweint, aber stattdessen habe ich gelacht. Mein Gesicht hat sich in seinen Knopfaugen gespiegelt, und mein Lachen sah perfekt aus. Der Typ im Bärenkostüm hat dann immer wieder dieselbe Pose gemacht, um mich zum Lachen zu bringen. Und da ist es mir aufgegangen. Kein Mensch kann ein aufgesetztes Lachen von einem echten unterscheiden. Kein Mensch kriegt je mit, was ich denke oder fühle.«

»Das hast du gedacht? Mit fünf?«

»Ja, mit fünf.«

»Ein ganz schön verkorkster Fünfjähriger, findest du nicht? (lacht)«

»Kann sein, aber so anders ist es auch jetzt nicht. Es kommt vor, dass mir Mädchen Briefe schreiben, in denen sie mir erzählen, seit wann sie in mich verliebt sind oder seit wie vielen Jahren sie mein Fan sind oder was gerade in ihrem Leben passiert, also Briefe, in denen sie nur über sich reden. Ich freue mich darüber, natürlich freue ich mich, aber da ist halt immer diese emotionale Distanz.«

»Das geht doch gar nicht anders. Natürlich können deine Fans nicht wissen, was in dir vorgeht, Masaki. Sie können dir ja nicht rund um die Uhr folgen.«

»Aber die Menschen, die einem nahestehen, verstehen einen eben auch nicht unbedingt. Egal, mit wem ich rede, ständig merke ich, dass die Leute nicken, obwohl sie überhaupt nichts begriffen haben.«

»Hey, hey. Gilt das etwa auch für mich?«

»So war das nicht gemeint, Herr Imamura ... oder vielleicht doch, Sie haben ja schon so eine Angewohnheit, leere Komplimente zu machen.«

»Was für eine gemeine Unterstellung! Natürlich meine ich alle Komplimente ernst (lacht).«

»Sorry, sorry (lacht). Jedenfalls ist das wohl der Grund, warum ich Songs schreibe. Vielleicht hoffe ich, dass mich irgendwer da draußen, auch wenn es nur eine einzige Person ist, durchschaut und versteht. Sonst würde ich mir das alles nicht geben, dieses Leben in der Öffentlichkeit, meine ich.«

Als ich ihn das sagen hörte, hat sich meine Brust zusammengeschnürt. Ich glaube, ich habe schon einmal in meinem Blog darüber berichtet, dass ich Masaki zum ersten Mal als Zwölfjährigen auf der Bühne gesehen habe. Vielleicht interessiert mich deshalb alles so sehr, was mit seiner Zeit als Kinderstar zu tun hat. Er hat so eine Art an sich, mit der er die Menschen anzieht und gleichzeitig von sich stößt. Ich möchte Masakis Welt, von der er sagt, niemand könne sie verstehen, so sehen und wahrnehmen, wie er sie sieht und wahrnimmt. Vielleicht dauert es Jahre, bis mir das gelingt, und vielleicht werde ich ihn auch nie richtig verstehen. Aber ich finde, Masakis Anziehungskraft ist so groß, dass sich der Versuch lohnt.

Seit einem Jahr bin ich Masakis Fan. In dieser kurzen Zeit habe ich alle Informationen, die er in den letzten zwanzig Jahren mit der Öffentlichkeit geteilt hat, so gut es geht zusammengetragen, weshalb ich seine Antworten bei der Fragestunde in den Fanmeetings jetzt ziemlich gut voraussagen kann. Wenn er auf einer Bühne auftritt, erkenne ich ihn an seiner Ausstrahlung, selbst wenn ich so weit weg sitze, dass ich ihn mit bloßem Auge kaum sehen kann. Als Mina, ein Mitglied seiner Band, mal aus Spaß in seinem Account etwas gepostet hat, habe ich kommentiert: <Stimmt hier was nicht? Du klingst so anders als sonst, Masaki …>, worauf Mina mir geantwortet hat: <Bingo! Dabei dachte ich, ich hätte ihn gut nachgeahmt, haha!> Von den Bandmitgliedern Antworten zu bekommen ist eine Seltenheit. Und genau deshalb wurde ich nach diesem Vorfall wohl auch als »Hardcore-Fan« von Masaki bekannt.

Manchmal macht Masaki ein Gesicht, mit dem ich nicht gerechnet habe. Dann bin ich überrascht, eine neue Seite an ihm zu entdecken, oder ich frage mich, ob sich etwas in seinem Leben verändert hat. Sobald ich etwas Neues über ihn herausfinde, halte ich es in meinem Blog fest, und meine Analyse seiner Persönlichkeit wird wieder etwas präziser.

Dieser Vorfall ist eine Ausnahme. Masaki ist, soweit ich weiß, kein ausgeglichener Mensch. Er hat seine Heiligtümer, die nicht angetastet werden dürfen, sonst wird er sauer, aber seine Gefühle zeigen sich nur in seinen Augen, er lässt sie nie ungefiltert heraus.

Er verliert niemals die Beherrschung, kann das eigentlich gar nicht. Er sagt öffentlich, dass er andere Menschen nur bis zu einem bestimmten Punkt an sich heranlässt. Dass er einen Fan schlagen würde, egal wie wütend er ihn gemacht hat, kann ich mir einfach nicht vorstellen.

Noch ist nichts sicher. Ich fühle mich wie die Mehrheit der Fans im Netz. Ich weiß nicht, ob ich mich ärgern, ob ich Masaki in Schutz nehmen oder ob ich über das ganze Drama nur traurig den Kopf schütteln soll. Aber auch ohne es zu wissen, merke ich ganz genau, wie sich mein Magen zusammenzieht. Dass ich Masaki treu bleiben werde, steht außer Frage.

Als mein Bewusstsein von der Schulglocke wachgerüttelt wird, nehme ich zuerst die Kälte in meinem Nacken wahr und dann den Schweiß, der mir unbemerkt den Rücken heruntergelaufen ist. In meiner Bluse hat sich noch mehr Hitze gestaut wie bei allen Mitschülern, die jetzt nach der Pause mit »Boah, ist das heiß heute«, zu ihren Plätzen zurücklaufen. Bevor ich eine Chance habe, die Hitze irgendwie entweichen zu lassen, öffnet sich auch schon die Klassenzimmertür. Unser Erdkundelehrer, der sonst immer einen hellbraunen Anzug mit einer auffällig gemusterten Krawatte trägt, erscheint heute nur in Hemd und Hose. »Legere Kleidung ist wichtig, denn so kann die Energie von Klimaanlagen gespart werden, ja wirklich«, spult er herunter, während er Handouts durchreichen lässt. Der Junge vor mir wedelt über seinem Kopf mit dem Stapel. Ich nehme mir ein Blatt und gebe den Rest nach hinten weiter. Nichts vom Unterricht bleibt in meinem Kopf hängen. Während ich die Schreibschrift auf dem Handout angucke, die Herr Tadano meistens verwendet, stelle ich mir vor, es wäre Masakis Handschrift. Als Mitglied seines Fanclubs bekomme ich zu Weihnachten und Neujahr immer eine Grußkarte, die mit einer handschriftlichen Botschaft von ihm bedruckt ist. Wenn ich die einzelnen

Buchstaben ausschneiden und in Reihenfolge bringen würde, könnte ich vielleicht eine Masaki-Ueno-Schrift erstellen. Vielleicht würde mir damit sogar das Lernen leichter fallen. Die Idee setzt sich fest, und ich überlege, welche Buchstaben wohl fehlen würden und was ich genau tun müsste, um die Schriftart wirklich zu erstellen. Herr Tadano hält abrupt inne, und weißer Kreidestaub rieselt von der Tafel. Ach ja, ihr solltet heute eure Hausarbeiten einreichen, das machen wir besser gleich. Habt ihr sie alle dabei? Auf einmal summt es so laut in meinen Ohren, als hätte sich eine Zikade dorthin verirrt. Sie legt in meinem schweren Kopf eine Unmenge an Eiern, aus denen allesamt Larven schlüpfen, die auch noch zu zirpen anfangen. Du hattest es dir doch aufgeschrieben, sagt eine laute Stimme in mir. Aber Aufschreiben bringt eben nichts, wenn ich vergesse, mir den Zettel anzugucken und die Hausarbeit am Ende doch nicht mit in die Schule nehme. Bringt die Arbeiten bitte zu mir nach vorn, sagt Herr Tadano, und alle außer mir stehen auf. Der Junge auf dem Platz vor mir geht lässig zum Lehrerpult und sagt: »Sorry, vergessen.« Die Klasse lacht kurz auf. Ich folge ihm und sage ebenfalls: »Es tut mir leid, ich habe sie vergessen.« Bei mir lacht niemand. Für die Rolle des Verpeilos oder des notorischen Hausaufgabenvergessers bin ich nicht albern genug.

Als ich nach dem Unterricht meine Sachen für den Heimweg packe, ziehe ich das Mathebuch unter meinem

Tisch hervor. Schock. Beim Ausleihen habe ich Yu-chan doch versprochen, ihr das Buch in der Mittagspause zurückzugeben, weil sie selbst in der fünften Stunde Mathe hat. Ich gehe in die Nachbarklasse, aber Yu-chan ist nicht mehr da, also schreibe ich ihr eine Message. <Sorry, dass ich vergessen habe, dir das Buch zurückzugeben, obwohl du mir gesagt hast, dass du es in der fünften Stunde brauchst. Tut mir wirklich leid.> Mit Yu-chan habe ich es mir verscherzt, denke ich beim Tippen. Als ich auf dem Gang um die Ecke biege, kommt mir zufällig die Schulkrankenschwester entgegen. »Akari-chan, du musst noch dein letztes ärztliches Attest abgeben«, sagt sie im Vorbeigehen. Alle Stammkunden im Schulkrankenzimmer werden vom Personal dort vertraulich bei ihren Vornamen und mit der Verniedlichung »-chan« angesprochen. Die Krankenschwester trägt ihr wallendes Haar immer in einem langen Pferdeschwanz. Vom strahlenden Weiß ihres Kittels wird mir in der Sommersonne schwindelig. Ich bleibe stehen, ziehe ein DIN-A4-Blatt aus meinem Rucksack hervor, falte es zweimal in der Mitte und schreibe mit einem Füller »Mathebuch, Attest« darauf. Nach kurzem Überlegen füge ich »Hausarbeit Erdkunde« hinzu und dann noch »Narumis Taschenschirm«, »Geld für die Klassenfahrt«, »Armbanduhr«. Während ich in der Mitte des Gangs mit gezücktem Stift dastehe und das alles notiere, fangen meine Augenlider an zu zucken, und mein Rucksack, den ich unter einen Arm geklemmt habe, rutscht auf den Boden. Das Licht, das durch die Fenster fällt, wird eine Farbstufe dunkler, und ich weiß, dass die Sonne in den Westen gewandert ist. Das Fleisch in meinen Wangen glüht.

Hallo zusammen. Es ist schon eine Weile her seit meinem letzten Beitrag. Nach Masakis Skandal habe ich nichts mehr hochgeladen, aber ich möchte jetzt wieder damit anfangen. Dieser Beitrag ist übrigens nur für meine Follower sichtbar, und ich bitte euch, ihn nicht einfach so zu teilen. Ich denke, für uns Masaki-Fans, aber auch für alle Fans von Mazamaza, war dieser Skandal ein echter Schock. Ich habe zum ersten Mal einen richtigen Shitstorm miterlebt und gemerkt, wie unaufhaltsam so etwas ist. Es fängt mit einer kleinen Flamme an, die aus den verschiedensten Richtungen angefacht wird und zu einem großflächigen Brand heranwächst. Sobald man denkt, das Feuer würde schwächer werden, wird die Glut wieder mit alten Fotos oder Aussagen gefüttert und es entstehen neue Brände. Gerade kursiert zum Beispiel das Gerücht, Masaki hätte sich mit seinem Bandmitglied Akihito zerstritten, ausgerechnet mit Akihito, den er immer seinen Seelenverwandten nennt! Und ihm wird unterstellt, er habe in seiner Heimatstadt Himeji in der Highschool-Zeit Mitschüler ge-

mobbt. Dabei ist Masaki in Tokyo auf eine Fernschule gegangen und sollte kaum Präsenzunterricht gehabt haben. Dass solche Gerüchte trotzdem aufkommen, ist schon beeindruckend.

Viele von euch wissen bestimmt, dass Masaki in einem gewissen Internetforum als »Biomüll« bezeichnet wurde. Im Fernsehen hat er einmal gesagt, er würde manchmal im Netz nach seinem eigenen Namen suchen und sich Kritik durchlesen, weil er daran wachsen würde. Wenn ich mir vorstelle, Masaki könnte diese gemeine Beleidigung irgendwie zu Gesicht bekommen, kann ich es kaum ertragen, aber mir bleibt nichts anderes übrig, als ängstlich zuzusehen und abzuwarten.

Beim nächsten Konzert möchte ich wenigstens einen Leuchtstab in Masakis Mitgliedsfarbe Blau schwenken. Und ich will auf keinen Fall, dass er bei der Beliebtheitswahl enttäuscht wird, auch wenn das Timing natürlich furchtbar ist. Wir Masaki-Fans müssen jetzt zusammenhalten.

Mir ist von der Autofahrt schlecht. In meiner Stirn und hinter meinen Schläfen hat sich Übelkeit eingenistet, die sich einfach nicht vertreiben lässt. »Kann ich das Fenster aufmachen?«, frage ich. »Vergiss es«, sagt meine Mutter streng, und erst da merke ich, dass Regen an der Scheibe herunterläuft.

»Was hast du gerade geschrieben?«

Die Stimme meiner älteren Schwester Hikari klingt so schlaff wie ihr Körper aussieht, der neben mir durchgeschaukelt wird.

»Einen Blogbeitrag.«

»Über dein Idol?«

Ich antworte mit einem Schnauben. Mein leerer Magen zieht sich zusammen.

»Darf ich lesen?«

»Der ist nur für meine Follower.«

»Hmm.«

Manchmal will meine Schwester mit mir über meine Groupie-Aktivitäten reden. Was findest du denn so toll an ihm?, fragt sie mich dann zum Beispiel und setzt so eine verwunderte Miene auf. Wusste gar nicht, dass du auf solche Allerweltsgesichter stehst. Akihito sieht viel markanter aus, und Sena singt besser.

Was für eine dumme Frage. Ich kann nicht sagen, was ich an ihm toll finde, wie auch? Ich mag ihn, weil ich seine gesamte Existenz mag, sein Gesicht, seinen Tanzstil, seinen Gesang, seine Sprechweise, seine Persönlichkeit, seine Bewegungen, ich habe alles an ihm lieb. Es gibt doch dieses Sprichwort: »Wenn du einen Mönch hasst, hasst du sogar seine Kutte.« Genauso ist es bei mir, nur eben umgekehrt. Wenn du einen Mönch nämlich liebgewinnst, liebst du jede einzelne aufgeplatzte Naht an der Kutte, die er trägt. So ist das eben.

»Wann gibst du mir eigentlich mein Geld zurück?«,

fragt Hikari, klingt dabei aber nicht, als wäre es dringend. »Ach ja, sorry«, sage ich in demselben gelangweilten Tonfall. Es geht um das Geld für die Fanartikel, die ich vor einiger Zeit per Nachnahme im Netz bestellt habe und die Hikari für mich angenommen und bezahlt hat. Ich geb's dir zurück, wenn ich mein nächstes Gehalt bekommen habe, aber gib mir noch Zeit bis zur Beliebtheitswahl, die ist bald, sage ich, was Hikari wieder mit »Hmm« quittiert.

»Denkst du, Masaki schneidet diesmal sehr schlecht bei der Wahl ab?«

»Weiß nicht«, sage ich. »Kommt wohl auf den Anteil an Fans an, die's nicht so ernst meinen.«

»Weil deren Stimmen wegfallen, meinst du?«

»Viele, die erst seit Stainless Love Fans sind, distanzieren sich jetzt bestimmt von ihm.«

Mit seiner Rolle in dem Liebesfilm Stainless Love hatte Masaki auf einen Schlag eine Menge Fans dazugewonnen. Er spielte zwar nicht die Hauptrolle, dafür aber den herzensguten und etwas tollpatschigen Kollegen der Heldin, und dass er im Film so nett wirkte, war wohl einer der Gründe, warum seine Beliebtheit danach so gestiegen ist. Die schlechte Publicity tut also doppelt weh, weil sie ihn in einem komplett anderen Licht darstellt.

Plötzlich hämmert meine Mutter mehrmals kräftig auf die Hupe. »Bist du lebensmüde?«, zischt sie den Fahrer an, der von vorn auf uns zukommt, sie aber natürlich nicht hört.

Hikari saugt stoßartig Luft ein, als ob der Rüffel ihr gelte. Während sie mit mir redet, achtet sie die ganze Zeit auf Mamas Stimmung. So war sie schon immer. Unsere Mutter schweigt, wenn sie gereizt ist, und weil meine Schwester das nicht aushält, fängt sie an, umso mehr zu reden.

Als Papa vor mehreren Jahren ins Ausland versetzt wurde, hat unsere Großmutter Mama verboten, dass wir ihm folgen. So hat man mir das jedenfalls erzählt. Was für ein undankbares Kind, mich nach dem Tod deines Vaters allein hier zurückzulassen, hat unsere Großmutter ihr wohl vorgehalten und Mama dazu gezwungen, mit uns in Japan zu bleiben. Seitdem schimpft Mama nur noch über Oma.

Hikari wühlt in der Einkaufstüte aus dem Krankenhauskiosk und schraubt knackend den Deckel einer Flasche mit grünem Tee auf. Sie trinkt einen Schluck, guckt aufs Etikett mit den Inhaltsstoffen und führt die Flasche wieder an die Lippen. Mit vollem Mund und hochgezogenen Augenbrauen schaut sie mich an und will wohl fragen, ob ich auch was trinken möchte. »Willst du?«, fragt sie noch mal laut, nachdem sie geschluckt hat. »Hmm«, sage ich und nehme den Tee. Das Gerüttel des Autos lässt den Rand der Flasche gegen meine Zähne schlagen, und beinahe wäre mir der Tee wieder aus dem Mund gelaufen. Die Flüssigkeit beruhigt meinen leeren Magen. Es ist jetzt schon zwei Jahre her, seit meine Großmutter operiert und ihr eine Magenfistel angelegt wurde, aber ich kann mir immer noch nicht richtig vorstellen, dass man einem Menschen, der nicht mehr schlucken kann, ein Loch in den Magen bohrt und ihn durch einen Schlauch ernährt. Im Krankenzimmer ist essen verboten, also verpassen wir bei unseren Besuchen oft den Zeitpunkt für das Mittagessen, so wie heute auch.

Auf den Handybildschirm zu gucken macht die Übelkeit noch schlimmer, also stecke ich mir Kopfhörer in die Ohren und spiele das neueste Album von Mazamaza ab. Masaki hat bei der letzten Beliebtheitswahl vor dem Skandal den ersten Platz belegt und deshalb für das Album ein Solo singen dürfen, das er selbst geschrieben und »Doppelzüngige Undine« genannt hat. Nach einem mitreißenden Gitarrenintro kommt eine kurze Kunstpause, wonach seine raue Stimme »Deine spitzen Eckzähne« singt. Ich spüre, wie meine Brust und Schultern warm werden. Im Vergleich zu der ganzen elektronischen Musik aus der letzten Zeit klingt dieser Song schlicht und wehmütig. »Deine spitzen Eckzähne zerfleischen den Meereshorizont.« Kurz nach Erscheinen des Songs ging im Netz die Suche nach einer Frau mit auffälligen Eckzähnen los, der das Lied gewidmet sein könnte.

Ich öffne meine Augen. Der Regen lässt die Grenze zwischen Himmel und Meer in einem grauen Schleier verschwimmen. Dunkle Wolken umringen die Häuser, die dicht an der Küste stehen. Sobald ich mit Masakis Welt in Berührung komme, verändert sich alles, was ich sehe. In der Fensterscheibe spiegelt sich meine trockene Zunge in meinem dunklen warmen Mund, der lautlos mitsingt. Es fühlt sich an, als würde ich Masakis Gesang mit den Ohren aufnehmen und aus meinem eigenen Mund entweichen lassen. Seine Stimme und seine Augen legen sich über meine Stimme und meine Augen.

Meine Mutter schlägt das Lenkrad ein. Mit einem rhythmischen Scharren von Gummi über Glas wird die Frontscheibe kurz klar, nur um sich gleich wieder zu trüben, während an den Rändern, die der Scheibenwischer nicht erwischt, der Regen herunterströmt. Die Bäume am Straßenrand werden zu einer konturlosen Masse aus leuchtendem Grün.

Als wir zu Hause ankommen, ist die drückend schwere Übelkeit verschwunden. »Da ist was für dich gekommen, Fräulein Akari Yamashita«, sagt meine Schwester und reicht mir ein Paket, das zehnmal dieselbe CD enthält, die ich in meinem Zimmer vorsichtig auspacke, um die Wahlscheine herauszunehmen. Neue Singles von Mazamaza kommen immer zusammen mit einem Wahlschein, und eine Single kostet zweitausend Yen. Fünf CDs habe ich schon, also kann ich jetzt insgesamt fünfzehn Stimmen bei der Beliebtheitswahl der Bandmitglieder abgeben. Das Wahlergebnis entscheidet über den Gesangsanteil beim nächsten Album und darüber, wer wo auf der Bühne steht. Außerdem darf der Erstplatzierte ein langes Solo singen. Für jede zehnte CD, die man kauft, darf man seinem Idol einmal die Hand schütteln, ein ziemlich cooles System also. Ich lese die erste Seriennummer ein und wähle aus der Liste der Bandmitglieder – Akihito Saito, Masaki Ueno, Mifuyu Tachibana, Mina Okano, Toru Sena – Masakis Namen aus, der in blauer Schrift dasteht. Nachdem ich alle zehn Nummern eingelesen habe, gehe ich auf meinen Blog und wundere mich kurz, dass mein neuester Post nur so wenige Aufrufe hat, bis mir wieder einfällt, dass ich ihn ja nur für meine Follower veröffentlicht habe. <Geht es dir gut?> oder <Ich habe sehnlichst auf dein Update gewartet!> steht in den Kommentaren, die alle etwas besorgt klingen. Seit Masakis Skandal habe ich nichts mehr gepostet. Ich antworte Taka, Wandermönch, Akihitos Esel (aka: Esel) und Hustenbonbon auf ihre Kommentare, und zum Schluss schreibe ich Raupe, die wie ich Fan von Masaki ist und auch diesmal wieder den längsten Kommentar hinterlassen hat. Raupe ändert täglich ihren Accountnamen zu <Raupe Nimmersatt> oder <Geburtstagsraupe> oder <Raupe@Liebeskummer> und so weiter. Heute sind es nur Emojis einer Süßkartoffel und eines Tausendfüßlers.

<Akariii! Ich habe sooo sooo lange auf dieses Update gewartet. Es war megatraurig, keine neuen Posts von dir lesen zu können. Ich bin fast verhungert, weil mir der

Nachschub gefehlt hat, deshalb habe ich mir deine alten Beiträge noch mal durchgelesen. Falls einige davon jetzt viel mehr Aufrufe als vorher haben, war ich das, sorry, haha. Was du geschrieben hast, kann ich sooo gut nachvollziehen. Ich mache mir auch Sorgen und habe Angst, wie es weitergeht, aber ich will mich von den Gerüchten nicht runterziehen lassen!!! Dein Beitrag hat mir Kraft gegeben, Akari. Du klingst immer so erwachsen. Für mich bist du wie eine liebe große Schwester. Ich freue mich schon auf deinen nächsten Beitrag. Masakis Beliebtheit ist in letzter Zeit zwar gesunken, aber gerade darum müssen wir Fans jetzt all unsere Kräfte mobilisieren! Hängen wir uns noch mal richtig rein!>

<Danke für deinen Kommentar, Raupe. Tut mir leid, dass ich dich so lange warten lassen habe, aber ich freue mich, dass du dem Update entgegengefiebert hast:)! Quatsch, ich bin überhaupt nicht erwachsen … Aber du hast recht, strengen wir uns an, auch wenn gerade alles drunter und drüber geht.>

Raupes Kommentare schäumen immer über vor Energie, sind aber auch sehr einfühlsam. Wir sind nicht im selben Alter, gehen auf verschiedene Schulen und leben nicht mal in derselben Stadt. Mit ihr und meinen anderen Followern verbindet mich nur, dass wir Fans von Masaki und Mazamaza sind. Trotzdem wünschen wir uns nach dem Aufstehen einen guten Morgen, meckern am Anfang der Woche auf unseren Schul- und

Arbeitswegen zusammen über Gott und die Welt und schicken uns jeden Freitag bis zum Umfallen in einer Chat-Gruppe, die wir »We-Love-Masaki-Chat« getauft haben, unsere aktuellen Lieblingsfotos von unserem Idol. Während wir uns bis spät in die Nacht schreiben, wie süß oder sexy Masaki auf diesem oder jenem Bild ist, bekomme ich ein immer besseres Gefühl für den Alltag der Personen hinter den Icons, die längst ein vertrauter Teil meines Lebens sind. So wie ich in dieser Gruppe als die Erwachsene und Verlässliche gelte, sind die anderen im echten Leben vielleicht auch anders als im Chat. Aber diese Welt, in der meine Persönlichkeit halb Fiktion ist, ist tolerant. Für uns alle ist es zur Routine geworden, einfach nur unser Idol anzuhimmeln. <Null Bock auf Baden ...> <Kopf hoch, danach wartet Masaki auf dich.> <OMG, hör auf, du bist der Hammer. Bin dann mal weg.> <Hab letztens beim Karaoke mit meiner Klasse Masakis Solo gesungen.> <LOL! Was waren die Reaktionen?> <Gelte als die graue Maus, daher: Stille ...> <Du bist meine Heldin!> <Lass dich nicht unterkriegen!>

Irgendwann steigt Masaki vielleicht aus der Band oder sogar aus dem Showbusiness aus, oder er könnte mit dem Gesetz in Schwierigkeiten kommen und ins Gefängnis wandern oder aus irgendeinem anderen Grund von heute auf morgen nicht mehr da sein. Es gibt ja immer mal wieder Musiker, die aus heiterem Himmel sterben oder einfach verschwinden. Bei dem Gedanken muss ich auch an den Abschied von dieser Gruppe Menschen denken. Masaki hat uns zusammengeführt, also werden wir uns trennen, wenn er nicht mehr da ist. Es gibt Fans wie Narumi, die irgendwann das Genre wechseln, aber ich kann mir nicht vorstellen, nach Masaki jemanden Neues zu finden. Mein Idol wird für immer und ewig nur er bleiben. Nur er bewegt mich, spricht zu mir und akzeptiert mich.

Immer, wenn eine neue Single erscheint, stellen die Hardcore-Fans sie auf ihren »Altären« aus. Mein Zimmer ist ein Chaos aus Klamotten, halb vollen Getränkeflaschen, von denen ich nicht mehr weiß, von wann sie sind, aufgeschlagenen und verkehrt herum liegenden Lehrbüchern und verstreuten Handouts, aber dank der türkisblauen Vorhänge und der azurblauen Glaslampe ist jeder Lichtstrahl, jeder Windstoß blau eingefärbt. In einer Idol-Band ist es üblich, dass jedes Mitglied seine eigene Farbe hat, die sich in den Leuchtsticks, die Fans bei Konzerten schwenken, und in den Fanartikeln wiederfindet. Masakis Farbe ist Blau, also halte ich alles um mich herum konsequent in Blau. Wenn ich in meinen blauen Raum eintauche, fühle ich mich sicher.

In meinem Zimmer ist schon beim Eintreten sofort klar, wo sich das Zentrum befindet. Wie das Kreuz in einer Kirche oder die Buddhastatue in einem Tempel steht an der höchsten Stelle meines Regals ein großes signiertes Bild von Masaki. Ausgehend davon sind die Wände mit gerahmten Postern und Fotos in Azur, Indigo, Türkis und Topas, also der gesamten Blaupalette, bedeckt. Im Regal stehen dicht gedrängt und nach Jahr des Erscheinens geordnet DVDs, CDs, Zeitschriften und Broschüren, wobei die ältesten Ausgaben wie eingelagerte Erdschichten die untersten Fächer belegen. Wenn eine neue Single herauskommt, stelle ich sie aufs oberste Regalbrett, und die CD, die bislang dort gestanden hat, rutscht eine Stufe weiter nach unten.

Ganz alltägliche Aufgaben, die andere mit links bewältigen, fallen mir schwer, und ich mache mir ständig Sorgen um die Spuren, die meine Fehler hinterlassen. Aber eins weiß ich absolut sicher: Masakis Fan zu sein ist das Zentrum meines Lebens, die eine Konstante. Mein Idol ist meine Körpermitte, meine Wirbelsäule.

Lernen, AGs, Nebenjobs, mit dem verdienten Geld Klamotten kaufen oder mit Freunden ins Kino oder ins Restaurant gehen, so füllen die meisten Menschen ihr Leben aus und geben ihm Form und Farbe. Ich tue das genaue Gegenteil. Wie bei einer harten Askese sammle ich mein gesamtes Wesen in meiner Mitte, in meiner Wirbelsäule. Ich trenne mich von allem Überflüssigen, bis nur noch nackter Knochen übrig bleibt.

<Akari, trag bitte noch deine Schichten für die Sommerferien ein, das habe ich dir doch schon gesagt.>

Ich lese Sachiyos Nachricht und öffne im Liegen die

Kalender-App. Masaki bestimmt meinen Zeitplan, also trage ich für den Tag der Wahlbekanntgabe ein, dass ich früher gehe. Für das Händeschüttel-Event nehme ich mir natürlich frei, und danach will ich noch genug Zeit haben, um in Erinnerungen zu schwelgen, also trage ich auch am nächsten Tag keine Schicht ein. Ich will mir aber auch CDs leisten können, und im März gibt es ein Konzert, zu dem ich gehen möchte. Also muss ich so viele Schichten wie möglich machen. Als ich letztes Jahr bei einer Theateraufführung von Masaki war, hat es mich am Ende so traurig gemacht, von seiner Rolle Abschied zu nehmen, dass ich mir das Stück noch einmal angesehen habe und auch danach immer wieder vorm Ticketschalter stand. In der Theaterbroschüre war ein Interview mit ihm abgedruckt, also musste ich sie natürlich kaufen, und auch die Buchvorlage hatte ich mir in Vorbereitung auf das Stück besorgt (aber doch erst später gelesen, um nicht voreingenommen zu sein), was mich nicht davon abgehalten hat, die Ausgabe mit dem limitierten Cover der Theateraufführung auch noch haben zu wollen. Ich hatte eigentlich vor, nur die Fotos der Aufführung zu kaufen, die mir wirklich gut gefielen, weil ich schon so viel für Fanartikel ausgegeben hatte, aber als ich die Muster an der Leinwand hängen sah, war mein Entschluss gekippt. Es gab zwei Fotos von Masaki in traditioneller Studentenuniform, zwei im Sommer-Kimono und eins, auf dem er Blut hustete. Ich konnte keines der

Bilder liegen lassen. Selbst wenn die Szenen in genau demselben Kamerawinkel auf der DVD zu sehen wären, fingen nur solche Momentaufnahmen die Kraft des Augenblicks richtig ein. Vielleicht komme ich nie mehr an diese Fotos, wenn ich sie mir nicht jetzt kaufe, habe ich gedacht und »Alle bitte« gesagt, als die Frau neben mir genau im gleichen Moment auch »Alle bitte« sagte. Ich wusste, dass sich Masaki nur während der Dauer der Aufführung vor meinen Augen bewegen würde, also wollte ich alles, was er aussandte, jeden Atemzug und Blick vollständig in mich aufnehmen. Ich wollte das Gefühl der Ergriffenheit, das mich dort auf meinem Theatersessel überkommen hatte, festhalten und mich später daran erinnern, und dafür brauchte ich Fotos, Videoaufnahmen und Fanartikel. »Man wird mich bestimmt dafür kritisieren, dass ich mich als Schauspieler versuche, obwohl ich gar keiner bin. Schon als das Stück angekündigt wurde, war das Netz voller Kritik«, hatte Masaki in einem Interview vor Aufführungsstart gesagt, aber da er sich als Idol gut in Szene zu setzen wusste, stand er einem professionellen Schauspieler in puncto Bühnenpräsenz in nichts nach. Vor allem passte die Rolle des sturen, gewissenhaften Jungen, der sich mit seiner Ernsthaftigkeit selbst in die Enge treibt, perfekt zu ihm. Selbst eingefleischte Theaterfans waren von seiner Darstellung beeindruckt.

Am Ende trage ich mich fast täglich für eine Schicht

ein, weil mein Geld bei Konzerten sowieso nie ausreicht. In der schulfreien Zeit kann ich mich vielleicht noch besser auf meine Fanaktivitäten konzentrieren. Ich werde meine Sommerferien einzig und allein Masaki widmen, denke ich und habe das Gefühl, dass in dieser Einfachheit mein ganzes Glück liegt.

Von Masakis Stimme geweckt, mache ich meinen gewohnten Rundgang durchs Netz. Mein Blog hat einige neue Kommentare und Likes für einen älteren Post bekommen. Ich klicke auf die Benachrichtigung und werde zu dem Beitrag weitergeleitet.

> *Hallo zusammen, wie geht es euch? Ich habe ihn nun endlich doch gekauft, den berühmt-berüchtigten »Wecker mit Originalstimme ☆ Lässt dein Herz schneller ticken!« Ich weiß wirklich nicht, was ich zu dem peinlichen Produktnamen, Masakis steifem Lächeln auf dem Ziffernblatt und den Herzchen an den Zeigerspitzen sagen soll. Als der Wecker herausgekommen ist, hieß es von allen Seiten, man hätte besser etwas Dezenteres wie einen Kugelschreiber oder ein Kosmetiktäschchen mit Logo von Masaki auf den Markt bringen sollen, nicht diesen Schrott, der die drei Todsünden eines Fanartikels in sich vereint: hässlich, teuer, peinlich. Aber*

am Ende haben ihn dann doch ziemlich viele gekauft, was mich echt zum Lachen gebracht hat. Auch ich habe zähneknirschend 8.800 Yen für das überteuerte Ding hingeblättert und mich nach Strich und Faden über den Tisch ziehen lassen. Ich bin das perfekte Opfer. Aber ich musste ihn einfach haben.

Es wurde wirklich kein gutes Haar an dem Wecker gelassen, aber mal ganz ehrlich finde ich ihn besser als erwartet. Überlegt doch mal, Masaki wünscht euch einen guten Morgen ganz nah an euren Ohren! Seine Stimme ist das Erste, was ihr am Tag hört. Klingeling, guten Morgen, Zeit zum Aufstehen, klingeling, guten Morgen, Zeit zum Aufstehen. Wenn ich das höre, wird mein schlummerndes Bewusstsein mit einem Schlag wach. Und dann lobt mich Masaki auch noch, wenn ich oben auf den Ausmacher des himmelblauen Dings drücke. »Gut gemacht, gib heute wieder dein Bestes!« Dann kann ich doch gar nicht mehr anders, als mein Bestes zu geben, oder? Solche Sätze klingen zwar ein bisschen peinlich, aber wenn ich mir vorstelle, was für ein Gesicht unser bierernster Masaki wohl bei der Aufnahme gemacht hat, muss ich einfach grinsen, weil er so süß ist. Das lässt mich gleich viel leichter atmen, auch wenn der Morgen noch so grau und kalt ist. Mir wird von innen warm, die Erschöpfung sickert langsam aus meinem Körper, und ich sage mir, okay, ich überstehe diesen Tag schon irgendwie. Mein Idol gibt mir je-

den Morgen die Kraft weiterzuleben. Und so lasse ich mich auch heute wieder fröhlich von den Fanartikelherstellern ausbeuten.

Mein Review des Weckers aus der Zeit vor Masakis Skandal klingt so kindisch und albern, als hätte es eine andere geschrieben, und ich schäme mich ein bisschen dafür. Wandermönch ist schon wach oder hat vielmehr die Nacht durchgemacht. <Auch heute ist die Erde rund, die Arbeit viel zu stressig und mein Idol mein Ein und Alles>, schreibt sie in ihrer Instastory mit Bildern von Energydrinks, Packungen getrockneter Tintenfischstreifen und Käse-Fisch-Stangen und dem Foto eines Fernsehbildschirms, auf dem ihr Idol Sena zu sehen ist. Ihre Posts klingen immer witzig und locker, aber auf Selfies ist sie von Kopf bis Fuß durchgestylt, trägt einen Kurzhaarschnitt und Klamotten von teuren Marken, die sogar einem Modemuffel wie mir etwas sagen. Ich gehe auf die offizielle Seite von Mazamaza und sehe, dass unter Ankündigungen steht: »ES WIRD LAUT – Das Konzert findet wie geplant statt.« Der Skandal wird erwähnt, aber es wird gleichzeitig versichert, dass Masaki Ueno auftreten wird. Wie zu erwarten wird die Mitteilung in den sozialen Netzwerken kritisiert, aber ich freue mich einfach, dass ich mein Idol nach dem Shitstorm zum ersten Mal wieder live sehen kann. Mein Körper fühlt sich gleich wieder lebendiger an. Ich gehe in Richtung Bad und trete dabei auf die verschiedensten Dinge auf meinem Zimmerboden. Meine nackten Füße spüren den piksenden Reißverschluss einer Jeanshose, einen Comicumschlag und die silberglänzende Innenseite einer leeren Chipspackung, und all diese Empfindungen steigen bis in meine Knie hinauf. »Du hast eine Warnung von der Schule bekommen, oder?«, fragt Hikari, die sich vor dem Spiegel irgendein Tonikum aufs Gesicht klatscht und meinem Arm ausweicht, als ich nach der Zahnbürste greife. »Warum hast du nicht mal früher was gesagt?«

Während sich meine Schwester die Flüssigkeit mit der linken Hand in die Haut klopft, schraubt sie mit der rechten den Deckel einer Flasche Gesichtsmilch ab.

Statt ihr zu antworten, stecke ich mir die Zahnbürste in den Mund. Ich wasche mir das Gesicht, ohne es einzucremen oder zu schminken, und binde mir die Haare so streng zusammen, dass sich meine Haut an den Schläfen spannt und meine Augenwinkel minimal nach oben gezogen werden, wodurch ich mir einbilde, ein bisschen freundlicher auszusehen. Ich ziehe mir ein dunkelblaues Poloshirt mit ausgeleiertem Kragen über. Nachdem ich ein hellblaues Stofftaschentuch mit Rüschen und eine Brille mit indigoblauem Rand in meine Tasche gestopft habe, werfe ich einen Blick auf das Horoskop für den Tag. Masaki ist Löwe und steht damit heute auf Platz vier der »glücklichsten Sternzeichen«. Sein Glücksbringer des Tages ist ein Kugelschreiber, also stecke ich noch einen Kugelschreiber mit einem Plastikanhänger von Masaki, der wahrscheinlich mehr wiegt als der Stift selbst, ins Innenfach meiner Tasche und verlasse das Haus, ohne mir mein eigenes Horoskop anzusehen. Es interessiert mich nicht.

Das Lokal, in dem ich jobbe, befindet sich in der rechten und engsten der drei Straßen, die vom Bahnhof wegführen. Oft kommen Bauarbeiter, die an der Spielhalle oder dem neuen Wohngebäude arbeiten, mit schlammbespritzten Hosen zum Mittagessen vorbei. Nach Feierabend kommen sie dann zum Trinken zurück. Wir haben einige Stammkunden, die ich mittlerweile erkenne, aber es gibt auch viel neue Kundschaft, hauptsächlich Gruppen von Firmenangestellten, deren Gesichtsfarbe und Gang beim Kommen und Gehen oft vollkommen verändert sind. Das Lokal heißt zwar »Restaurant Nakakko«, hat aber bis spät abends geöffnet und schenkt Alkohol aus, weshalb es wohl eher als Kneipe zu bezeichnen wäre. »Eigentlich stellen wir ja keine Schülerinnen ein«, meinte Sachiyo zu mir, als ich mich vorstellte, weil ich den Aushang mit der Stellenausschreibung gesehen hatte. Ich wurde trotzdem genommen und erfuhr schnell, dass das Lokal viel zu wenig Personal hatte. »Sachiyo wollte mich einfach nicht gehen lassen. Ich bin froh, dass du mich jetzt ablöst, Akari«, sagte Kou, ein Student im achten Semester, bei meiner allerersten Schicht und kündigte noch am selben Tag.

Mein Arbeitstag beginnt damit, vor Ladenöffnung gefiltertes Wasser mit Kohlensäure zu versetzen, Whiskyflaschen vom Speicher zu holen, Schweinefleisch aufzutauen – denn das wird täglich bestellt –, Geschirr vom Abtropfständer zurück ins Regal zu stellen und Messer zu polieren, ein Ablauf, der mehrmals die Richtung wechselt und treu befolgt werden muss, der mir aber erst nach unzähligen Anpfiffen von Sachiyo in Fleisch und Blut übergegangen ist. In einem Fall muss ich dies tun, in einem anderen jenes. Ich habe mir den Weg mit seinen vielen Abzweigungen mühsam eingeprägt, aber in stressigen Phasen fehlt mir die Zeit, auf meine Notizen zu gucken, und gerade dann passiert immer etwas Unerwartetes, das alles aus meinem Kopf purzeln lässt.

Vom Ramen-Imbiss gegenüber weht der Geruch würziger Brühe zusammen mit Nachtluft ins Lokal, und der Chef und ich begrüßen einstimmig die eintretenden Gäste. Der Chef, dem der Laden gehört und der das Essen kocht, ist ein schmächtiger Mann mit einer leisen Stimme, die nur beim Begrüßen und Verabschieden der Kundschaft lauter als alle anderen wird. Katsu-san öffnet mit seinen dicken Fingern die Ladentür und kommt herein, und als er erfährt, dass Sachiyo draußen im Lager ist, bittet er mich, bei seinem Whisky Highball einen Schluck mehr Alkohol einzuschenken. Der mit dem eckigen Gesicht ist Katsu-san, der mit den schmalen Augen und dem dünnen Kinn Higashi-san, denke ich, und der Mann im Tanktop, wie hieß der gleich? Er ist noch ziemlich jung und lächelt breit, aber das Weiß in seinen Augen wirkt extrem kalt. Erst gebe ich den drei Stammkunden feuchte Tücher, dann stelle ich ihnen als Vorspeise Edamame hin, dann noch Stäbchen und einen Aschenbecher, dann wiederhole ich: Ein Whisky extra stark, bevor ich den Bestellzettel hervorziehe und – »Moment mal, wird der etwa teurer, wenn er extra stark ist, kannst du mir nicht einfach so ein bisschen mehr einschenken?« Und schon schlägt der Weg, den ich in meinem Körper gespeichert habe, eine ungewohnte Richtung ein. »Jetzt lass sie doch«, meint Higashi-san und nimmt sich sein Schweißtuch von den Schultern, worauf Katsu-san »Wieso denn?« sagt und dann mit einem Zwinkern zu mir: »Komm schon, nur einen Schluck«, was ich mit »Moment bitte« beantworte, als sich eine Frau aus der Gruppe, die gerade an dem niedrigen Tisch in der Ecke mit den Tatamimatten Platz genommen hat, in den Gang lehnt und »Tschuldigung, ich habe mein Getränk verschüttet« sagt, also schreibe ich auf die Rückseite des Bestellzettels Tisch drei und antworte mit »Moment bitte«. Ich ziehe die Preisliste unter der Kasse hervor, auf der Highball 400 Yen, Highball extra stark 520 Yen, großer Highball 540 Yen, großer Highball extra stark 610 Yen steht, was ich Katsu-san genau so mitteile, der plötzlich genervt wirkt und »Aha, dann eben drei Bier« für die anderen mitbestellt, ohne sie überhaupt zu fragen.

Hör gut zu, Akari. Lächeln, immer lächeln. Das ist Gastro, kapiert? Als ich in dem beschlagenen quadratischen Wandspiegel sehe, wie sich mein ernster Mund öffnet, tauchen Sachiyos bis an den Rand dunkelrot geschminkte Lippen vor meinem inneren Auge auf, und während ich zurück in die Küche gehe, denke ich nur: Verdammt, ich hab's vermasselt. Der Chef, der in letzter Zeit ganz abgemagert wirkt, weil er irgendeine Krankheit hat, ruft: »Akari-chan«, und lächelt mir zu, ohne noch etwas zu sagen, woraufhin ich bemerke, dass er die kleinen Teller für die leeren Hüllen der Edamame für mich aus dem Schrank geholt hat. Ich bedanke mich und bringe sie den Gästen, als Higashi-san seine schmalen Augen aufreißt: »Oh, unser Babylein kommt zurück.« Seit ich einmal mit mehreren vollen Gläsern in der Hand vor der Gruppe gestolpert und hingestürzt bin, nennt mich Higashi-san nur noch das Baby. Während ich für Arbeiten, die ich eigentlich in einem Rutsch erledigen könnte, hin- und herlaufe, meint Higashi-san: »Gleich fängt das Baby an zu weinen«, und ich sage leise »Verzeihung«, während mir von allen Seiten »Verzeihung, Verzeihung« zugerufen wird, was mich daran erinnert, dass Sachiyo immer »Gib Bescheid, wenn es zu stressig wird, wenn du einen Fehler nach dem nächsten machst, wird es nur noch schlimmer, also beruhig dich« sagt, also will ich gerade nach draußen ins Lager, um sie zu holen, als mich die Frau von vorhin anhält und in gereiztem Tonfall »Verzeihung, aber wir haben, wie gesagt, etwas verschüttet« sagt.

»Verzeihung, ich wische das sofort auf.« »Nicht nötig, aber geben Sie mir doch bitte ein paar Servietten.«

»Schon gut, schon gut, ich mache das, bring du den Gästen ihre Biere, Akari«, meint der Chef und legt das Schweinefleisch, das er gerade zubereiten wollte, zurück in den Kühlschrank. Ich weiß, dass es ein echtes Problem ist, wenn der Chef die Küche verlässt, Panik flutet meine Gedanken und verbindet sich mit ihnen zu einer trüben dickflüssigen Masse. Ich höre einen Mann im Anzug, der beim Eintreten noch sehr höflich gewesen ist, laut »Hey, Rechnung!« rufen, aber meine Ohren registrieren die Aufforderung nur kurz und nehmen dann wieder das leise Blubbern des Schaums wahr, der sich auf den drei Bieren vor mir gebildet hat, und mich dazu antreibt, schnell das Tablett an den Tisch zu tragen.

»Endlich«, sagt Katsu-san mit abschätzigem Grinsen und fährt mit demselben Ausdruck fort: »Mach deine Arbeit ordentlich, Mädchen, du wirst doch dafür bezahlt.« Mit den Worten nagelt er meinen Blick fest, der bis dahin unruhig hin- und hergesprungen ist. »So und jetzt unsere Bestellung.« Auf einmal ist sein Tonfall wieder fröhlich. »Gebratenes Schweinefleisch in Ingwer-Sojasoße, Makrele mit Rettich, Gulasch mit Rindfleischsehnen und dann noch dieses frittierte Hühnchen und den Tintenfisch«, sagt er, während ich die Kürzel für die Gerichte notiere und der Chef, der sich um die Rechnung des Kunden gekümmert hat, zusammen mit Sachiyo, die gerade zurückgekommen ist, laut »Vielen Dank für Ihren Besuch« ruft, wonach ich ebenfalls »Vielen Dank« aus meinem zugeschnürten Hals presse. Das Pfeifen des Windes. Das Rumpeln und Klappern der zugeschobenen gläsernen Ladentür, gedämpfte Stimmen, die sich über die nächste Bar beraten, der eigentümlich harte Klang des Wassers, der nur entsteht, wenn Sachiyo den Abwasch macht, die Geräusche der Dunstabzugshaube und des Kühlschranks, das »Immer mit der Ruhe, Akari. Wenn du nur die Ruhe bewahrst, klappt das schon« in der sanften Stimme des Chefs, mein »Ja, Entschuldigung« und die Stimme in meinem Inneren, die schreit, dass ich keine Ahnung habe, was mit Ruhebewahren gemeint ist, wenn ich sowieso Fehler mache, ob ich nun gehetzt herumlaufe oder versuche, einen Gang runterzuschalten, denn dann ist es, als würde in meinem Kopf eine Sicherung durchbrennen, so wie jetzt, während wir hier reden, obwohl die Kunden noch auf uns warten. Alle diese Wahrnehmungen stauen sich in meinem Körper und sind kurz vorm Überlaufen. Ich ersticke beinahe an dem »Verzeihung, Verzeihung, Verzeihung«, das aus allen Richtungen auf mich einprasselt und von dem ich nicht mehr weiß, ob es von mir oder den Kunden kommt, also werfe ich einen verstohlenen Blick auf die Wanduhr, die an einer Naht zwischen zwei sich lösenden vergilbten

Tapeten hängt. Eine Stunde Arbeit ist ein analoges Foto von Masaki, zwei sind eine CD, und sobald ich 10000 Yen verdient habe, kann ich mir ein Konzertticket leisten.

Dass ich schon viel zu lange so lebe, hat Spuren hinterlassen. Auch in die Augenwinkel des Chefs, der mit einem gezwungenen Lächeln den Tisch abwischt, haben sich die Spuren des Lebens gegraben.

Als ich, zwei gestapelte Bierkästen mit leeren Flaschen in den Armen, mit einer Schulter die Hintertür aufstoße, umspielt lauwarmer Wind meinen Hals und schwächt für einen Moment den Geruch von Gras und Katzenpisse ab. Mit angehaltenem Atem hieve ich die klappernden Bierkästen mitsamt meinem Körper nach draußen. »Ach«, höre ich jemanden sagen, hebe den Kopf und sehe, immer noch über die Kästen gebeugt, die drei Stammkunden, die gerade unser Lokal verlassen haben. Sie haben nach dem Bier noch eine Flasche Süßkartoffel-Schnaps bestellt, und selbst in der Dunkelheit sieht Katsu-sans Gesicht rot und aufgedunsen aus. Ich sollte die angefangene Flasche Schnaps für ihren nächsten Besuch aufbewahren, und als ich sie gerade mit einem weißen Marker beschriften wollte, flüsterte mir Sachiyo leise zu: »Er heißt Katsumoto«. Herr Katsumoto, 30. Juli.

»Die da? Dorthin?«

Als mir Katsu-san die Bierkästen abnimmt, fühle ich mich nicht wirklich leichter, sondern eher, als hätte er mich in die Luft gehoben, weshalb mir unter meinem T-Shirt, über dem ich eine Schürze trage, der Schweiß ausbricht.

»Das müssen Sie nicht, Katsu-san, die sind doch schwer. Entschuldigen Sie.«

»Federleicht, federleicht.«

Seine Stimme klingt verkrampft, als er »Mit Biss ist nichts zu schwer« lallt und fast dabei umknickt, sodass ihn der Mann im Tanktop, an dessen Namen ich mich nicht erinnere, stützen muss und ihm die Kästen abnimmt. »Ganz schön harte Arbeit für ein junges Mädchen«, sagt der Mann, und erst jetzt merke ich, dass er auch betrunken sein muss. Er redet sonst fast gar nicht, aber anscheinend hat der Alkohol seine Zunge gelockert. Ich bedanke mich mit einer Verbeugung und stelle die Bierkästen, die mir der Mann nacheinander reicht, an die Wand. Als ich danach aus dem Lagerschuppen einen neuen vollen Bierkasten hole und zurück in den Laden gehen will, kommt gerade Sachiyo mit einem Müllsack aus der Hintertür. »Nicht schlecht, schon als Schülerin so hart zu arbeiten, was? Wofür braucht die junge Generation denn heutzutage ihr Geld?«, fragt Higashi-san, der völlig nüchtern wirkt, an Sachiyo gewandt.

»Akari ist ein großer Fan von einem Popstar. Für den gibst du dein Geld aus, stimmt's?« Sachiyo hat eine Kiste mit leeren Getränkedosen zwischen die Tür geschoben, um sie aufzuhalten.

»Ein Popstar?«, fragt der Mann im Tanktop laut.

»Junge Mädchen stehen halt auf attraktive Typen«, sagt Sachiyo.

»Wenn man jung ist, ist das ja okay, aber irgendwann muss man sich auch für echte Jungs interessieren, sonst fährt der Zug eines Tages ab«, meint Katsu-san.

Während ich der Unterhaltung lausche, überlege ich, dass ich wohl die leeren Dosen entsorgen sollte, und werfe sie eine nach der anderen in eine Mülltüte, wobei der leichter gewordene Getränkekasten langsam wegrutscht und sich die Hintertür zu schließen droht.

»Immer ist das Babylein so ernst«, höre ich Higashi-san, der mit verschränkten Armen hinter mir steht. »Oh ja«, sagt Katsu-san in genervtem Tonfall. »Sie lässt sich nicht mal breitschlagen, meinen Drink ein bisschen stärker zu machen. Die Mädchen vor ihr waren viel besser drauf.«

»Also wirklich, Sie Schlingel, Katsu-san«, sagt Sachiyo. Dabei lächelt sie.

Ernst ist kein Adjektiv, das ich oft höre. Faul schon eher.

Es hat bereits in der Grundschule angefangen, als wir das chinesische Schriftzeichen für die Zahl Vier lernen mussten. Die Schriftzeichen für die ersten drei Zahlen sind einfach, sie bestehen ja nur aus jeweils einem, zwei oder drei horizontalen Strichen. Aber dann kommt die Vier, die auf einmal aus fünf Strichen besteht, und die

Fünf, die wiederum nur vier Striche hat. »Immer wieder schreiben, bis ihr sie euch eingeprägt habt«, hat meine Grundschullehrerin gesagt, aber ich erinnere mich noch daran, dass ich die Zahlen von eins bis zehn bis zum Abwinken in mein Heft geschrieben habe, sie mir aber aus irgendeinem Grund nicht wie die anderen Kinder merken konnte. Früher setzte unsere Mutter mich und Hikari oft zu zweit in die Badewanne und ließ uns das Einmaleins oder das Alphabet aufsagen. Erst wenn wir es geschafft hatten, durften wir raus. Ich saß jedes Mal ewig lange im Wasser. Die Buchstaben und Wörter, die meine große Schwester von sich gab, blieben einfach nicht in meinem Kopf hängen, sodass ich am Ende benommen wurde und mich Mama mit einem »Genug für heute« aus der Wanne hob. »Das ist unfair«, sagte meine Schwester eines Tages, während sie, in ein Handtuch mit Comicmotiven gewickelt, stumm zusah. Sie durfte immer vor mir aus dem Wasser, weil sie alles richtig machte.

»Warum darf Akari raus, obwohl sie es nicht geschafft hat? Warum muss ich dann immer alles richtig aufsagen?«

Ich weiß nicht mehr, was meine Mutter geantwortet hat, aber ich wunderte mich damals, dass sich meine Schwester unfair behandelt fühlte. Sie konnte die Wanne erhobenen Hauptes verlassen, aber ich schaffte es nicht einmal, aus eigener Kraft über den Rand zu steigen. Stattdessen rutschte ich schwindelig im lauwarmen Wasser umher. Meine Haut rieb sich an der Kette des Stöpsels und tat weh, und mein Körper fühlte sich unheimlich schwer an, wenn meine Mutter ihn endlich aus der Wanne holte. »Warum nimmst du immer nur Akari in den Arm, Mama?«, fragte meine Schwester, wobei ich überhaupt nicht das Gefühl hatte, in den Arm genommen zu werden. Es war eher, als hebe meine Mutter eine schwere Last hoch. Ich fand Hikari viel beneidenswerter als mich, weil sie alles mit Leichtigkeit hinkriegte und von meiner Mutter gelobt wurde.

Mit den Schriftzeichen-Tests in der fünften und sechsten Klasse war es dasselbe. Wir mussten diese Tests so oft wiederholen, bis wir alle Zeichen fehlerfrei geschrieben hatten. Zum Schluss blieben immer nur Kotaro, der seine eigenen Popel aß, und ich übrig. Wie eine Verrückte füllte ich die Quadrate meines Übungshefts mit Bleistift aus. Da die Lehrer sagten, durch Wiederholen würden wir sie uns einprägen können, schrieb ich Schriftzeichen über Schriftzeichen, bis mein rechter kleiner Finger vom Wischen über das Geschriebene rabenschwarz geworden war. In dem Übungsheft mit Hochglanzumschlag tummelten sich die Buchstaben, und mir war schlecht vom Bleistiftgeruch, aber ich war fest entschlossen, das Heft bis zum bitteren Ende auszufüllen, also schrieb ich wieder die beiden Zeichen für Weide, 放牧, die ich vorher falsch gemacht hatte. 放牧放牧放牧. Als Nächstes »besitzen«, 所持. 所持所持所持所持. Fühlen, 感じる. 感じる感じる感じる感じる. Ich war mir sicher, diesmal alles richtig gemacht zu haben. Die Zeichen für Weide, die ich vorher verdreht hatte, standen auch tatsächlich in der richtigen Reihenfolge. Aber aus 持, dem zweiten Zeichen von »besitzen«, hatte ich versehentlich 侍 gemacht. Dafür hatte ich das erste Zeichen perfekt hinbekommen. Der obere Teil von »fühlen« war mir entfallen, und ich hatte stattdessen 心じる geschrieben. Auch einige der Zeichen, die ich vorher noch gekonnt hatte, waren diesmal falsch, sodass ich im Test nur einen Punkt mehr als zuvor bekam. Selbst Kotaro überholte mich, und am Ende des Schuljahres war ich die Einzige, die nicht bestanden hatte.

Ich weiß nicht, wie stark Papas Versetzung ins Ausland mit Mamas Eifer zusammenhing, uns Englisch beizubringen, oder ob es einfach nur daran lag, dass sie sich von ihrer eigenen Schlaflosigkeit ablenken wollte, jedenfalls fing sie irgendwann damit an, uns bis spät in die Nacht zu drillen, und ich lernte dabei, mich vor dem Lernen zu drücken. »Das Problem ist, dass du sie nie lobst, Mama«, nahm mich Hikari plötzlich in Schutz. »Ich bringe dir das bei.« He, she, it, das S muss mit, ist das Einzige, was vom Lernen mit meiner Schwester bis heute hängen geblieben ist. Sie hat mich nämlich jedes Mal total übertrieben gelobt, wenn ich einem Verb in der dritten Person Singular ein S anhängte, und wenn ich es doch wieder vergaß, erklärte sie es mir so geduldig, dass ich meine Übungsaufgaben mehrmals konzentriert auf alle S-Endungen überprüfte, bevor ich sie meiner Schwester zum Korrigieren gab, wodurch ich in dem Punkt alles richtig machte. Meine Schwester freute sich so extrem darüber, als wäre es allein ihr Verdienst, aber beim Lösen der Übungsaufgaben am nächsten Tag hatte sich das S schon wieder komplett aus meinem Kopf verabschiedet. Hikari versuchte, Rücksicht auf mich zu nehmen, weil ich es ja nicht absichtlich falsch machte, aber ich merkte ihr die Enttäuschung deutlich an.

Hikaris Wutausbruch kam erst einige Zeit später, völlig unvermittelt, als sie gerade für die Uni-Aufnahmeprüfung büffelte. Ich saß abends am Wohnzimmertisch und aß Eintopf, während ich meiner Mutter zuhörte, die durch die geschlossene Badezimmertür mit mir sprach. Hikari hatte ihre Lernmaterialien auf dem Tisch ausgebreitet und sich ein kleines Schälchen mit Eintopf daneben gestellt. Wie eigentlich immer schimpfte meine Mutter wegen irgendetwas mit mir, und ich rief laut in Richtung Badezimmer: »Ich mache das doch schon, ich strenge mich ja an«, als Hikari, die gerade etwas in ihr Lernheft geschrieben hatte, abrupt ihren Stift hinlegte. »Könntest du bitte damit aufhören?«, meinte sie. »Wenn ich dir zuhöre, komme ich mir total bescheuert vor. Du lässt alles, was ich mache, sinnlos erscheinen. Ich lerne die ganze Nacht und Mama geht jeden Morgen zur Arbeit, obwohl sie überhaupt nicht schlafen kann und ihr vor Kopfschmerzen speiübel ist. Und was machst du? Einem Popstar hinterherlaufen. Wie kannst du bitte behaupten, dass du dich anstrengst?«

»Wir strengen uns eben alle anders an.«

Hikari verfolgte mit ihrem Blick meine Stäbchen, mit denen ich gerade ein Stück Rettich in meinen Mund beförderte. »Nein«, heulte sie. Tränen tropften auf ihr Lernheft, auf ihre kleinen Buchstaben, die selbst in Schreibschrift ordentlich aussahen.

»Du musst dich ja gar nicht anstrengen. Du musst gar nichts machen, aber bitte behaupte es auch nicht und werte damit meine Plackerei nicht ab.«

Mit einem Platschen fiel das Stück Rettich zurück in meine Schüssel, und Brühe spritzte über den Rand. Ich wischte den Tisch mit einem Taschentuch ab. Selbst das machte meine Schwester wütend. »Wisch das richtig ab!«, zeterte sie und brachte demonstrativ ihr Lernheft in Sicherheit.

»Ich wische ja schon und außerdem werte ich dich überhaupt nicht ab«, meinte ich, doch Hikari weinte weiter und schwemmte mit ihren Tränen jegliche Logik weg.

Ich kapierte damals die Welt nicht mehr. Es war mir völlig schleierhaft, nach welchen Maßstäben Hikari mich in Schutz nahm und wann sie sauer auf mich wurde. Meine Schwester überlässt das Reden, Weinen und Sichärgern nicht ihrem Verstand, sondern ihrem Körper.

Meine Mutter dagegen wird nicht wütend, sondern

wertet. Sie fällt Urteile. Und Hikari, die das früh erkannt hat, reibt sich auf, um es ihr recht zu machen.

Einmal habe ich zufällig mitangehört, wie meine Mutter über mich geredet hat. Ich war um drei Uhr nachts wach geworden und zur Toilette gegangen, als ich Licht aus dem Spalt der Wohnzimmertür auf den Flur fallen sah. Ich hörte Stimmen. Anscheinend zupfte meine Schwester unserer Mutter wieder einmal mit einer Pinzette die grauen Haare aus. »Autsch, das war doch bestimmt kein graues Haar.« »Doch, halbgrau«, hörte ich sie reden. Der dünne warme Lichtstrahl wirkte verschwommen, vielleicht weil ich noch halb im Schlaf war, doch dann ließ mich die Stimme meiner Mutter auf einen Schlag hellwach werden. Ich hatte sie ganz deutlich »Es tut mir leid« sagen hören.

»Es tut mir leid, dass ich dich damit belaste, mit Akari, meine ich.«

Meine Fußnägel waren schon wieder länger geworden. Und auf meinem großen Zeh wuchsen feine Härchen, obwohl ich sie erst vor Kurzem gezupft hatte. Warum musste alles, was man abschnitt oder auszupfte, immer wieder nachwachsen? Das nervte.

»Da kann man nichts machen«, sagte meine Schwester leise. »Akari kriegt halt gar nichts hin.«

Ich ging absichtlich ins Zimmer. Es war dort so hell, dass mir die Dunkelheit des Flurs wie ein Traum vorkam. Die Umrisse des Fernsehers, der Topfpflanzen, meiner

Mutter und der Tassen auf dem niedrigen Tisch traten im Licht wie gestochen hervor. Hikari sah nicht zu mir auf. »Nimm deine Wäsche mit aufs Zimmer«, wies mich meine Mutter an, wie um sich aus der Situation zu retten, indem sie selbst in die Offensive ging.

Ich ignorierte sie. Ich ging mit schnellen Schritten durchs Zimmer, zog ein Taschentuch aus der Box hervor und nahm mir den Nagelknipser aus der untersten Schublade des Schranks. Dann knipste ich mir die Nägel. Es klickte. Meine krummen Fußnägel waren schwer zu schneiden, und ich klemmte immer wieder Haut mit ein. Meine Mutter sagte etwas. Ich drückte einen ins Fleisch gewachsenen Nagel mit der Spitze des Knipsers nach oben und knipste weiter. Nagelsplitter flogen durch die Gegend. Nachdem ich alle Nägel geschnitten hatte, störten mich auch die Härchen auf meinen Zehen und ich erinnerte mich, dass die Pinzette schon in Benutzung war.

»Gib mal her«, sagte ich zu Hikari. Sie schien etwas entgegnen zu wollen, aber ich riss ihr nur die kleine silberne Pinzette aus der Hand und fing mit dem Zupfen an, ohne meine Mutter, die »Hör mal« sagte, zu beachten. Ich fand es erbärmlich, dass an den Wurzeln dieser feinen schwarzen Haare Körperflüssigkeit klebte. Und ich verstand einfach nicht, warum ich mich bis in alle Ewigkeit mit Dingen beschäftigen musste, die sowieso wiederkamen, egal wie oft ich sie abschnitt oder ausrupfte. So war es mit allem. Im Kleinen wie im Großen.

Ich bewege mich immer drei Schritte nach vorn und wieder zwei zurück. Trotzdem habe ich es irgendwie auf die Highschool geschafft und dort mein Idol wiederentdeckt. Er hat gestrahlt. Ich glaube, nur jemand, der als Kind ins Showbusiness gezwängt wurde und sich selbst zwanzig Jahre lang unter extremen Druck gesetzt hat, kann so strahlen. »Die Unterhaltungsbranche besteht praktisch nur aus Erwachsenen, und man muss ständig aufpassen, was man sagt. Lange konnte ich das Gefühl nicht abschütteln, dass mir das alles aufgezwungen wurde und ich es nicht aus freien Stücken tue. Aber dann stand ich mit etwa achtzehn Jahren zum ersten Mal als Idol zum Singen auf der Bühne, und es wurde silbernes Konfetti in die Luft geschossen, während der ganze Saal in tosenden Jubel ausgebrochen ist. In dem Moment wurde ich ganz ruhig und dachte: Jetzt zeige ich es allen.« So hat Masaki sein Debüt als Idol einmal beschrieben, und es kommt mir vor, als hätte er ab genau diesem Zeitpunkt angefangen, aus eigener Kraft zu strahlen.

Er ist wie eine Sonne, hat aber auch etwas Menschliches. Wegen seines schroffen Tonfalls wird er nicht selten missverstanden. Er lächelt oft aus Höflichkeit, aber wenn er sich wirklich freut, schmunzelt er nur innerlich. In Talkshows tritt er selbstbewusst auf, aber Comedyshows scheinen ihm nicht zu liegen, was an seinem leicht unruhigen Blick zu erkennen ist. Seit er mal bei einem Instagram-Livestream versucht hat, aus einer verschlossenen

Wasserflasche zu trinken, kommt er langsam auf den Geschmack, sich als verpeilt darzustellen. Selfies macht er aus ungünstigen Winkeln (was okay ist, weil er sowieso immer gut aussieht), aber Gegenstände kann er richtig gut ablichten. Ich liebe alles an Masaki. Ich will ihm alles von mir geben. »Ich gehöre nur dir« klingt wie ein Satz aus einer billigen Liebesserie, aber es stimmt wirklich. Es reicht mir, dass Masaki einfach nur da ist und ich ihn sehen kann, und ich habe null Verständnis für das, was Leute wie Katsu-san und Sachiyo sagen. Dass ich mich für »echte Jungs« interessieren sollte.

Freundschaften, Partnerschaften, Bekanntschaften, Familie. Es gibt so viele Arten von Beziehungen auf dieser Welt, die sich gegenseitig bedingen und täglich minimal verändern. Menschen, die immer nur auf Gleichberechtigung und Gegenseitigkeit aus sind, meinen, einseitige, unausgewogene Beziehungen seien ungesund. »Es ist sinnlos, ihm nachzuhängen, wenn er sowieso kein Interesse an dir hat«, »warum kümmerst du dich noch um eine Freundin, die dir nichts zurückgibt?« Solche Sätze hört man doch ständig. Aber ich will gar nichts zurückhaben und es regt mich auf, wenn mich Leute deshalb ungefragt bemitleiden. Mein Idol einfach nur zu lieben, macht mich glücklich, es reicht mir, und es soll sich bitteschön niemand einmischen. Ich wünsche mir keine Beziehung, bei der wir beide etwas füreinander empfinden, wahrscheinlich, weil ich so, wie ich jetzt bin, gar nicht von ihm gesehen oder akzeptiert werden will. Es ist ja nicht gesagt, dass er mich im echten Leben mag, und ich weiß auch nicht, ob es mir Spaß machen würde, ständig mit ihm zusammen zu sein. Das ändert natürlich nichts daran, dass ich vor Aufregung platze, wenn ich mich bei einem Event ein paar Sekunden mit ihm unterhalten und ihm die Hand schütteln kann.

Aber ich finde, dass in der Distanz, die durch einen Handy- oder Fernsehbildschirm oder den Abstand zwischen Bühne und Publikum entsteht, etwas Rücksichtsvolles und Tolerantes liegt. Unsere Beziehung wird niemals durch irgendetwas, das wir sagen, enger, sie geht aber auch nicht kaputt, weil ich etwas falsch mache. Die Anwesenheit einer Person auf eine gewisse, immer gleiche Entfernung zu spüren, kann meiner Meinung nach ein Gefühl von Sicherheit vermitteln. Aber vor allem fühle ich mich am glücklichsten, wenn ich mein Idol anhimmele, wenn ich ihm alles gebe, wenn ich ganz darin aufgehe, selbst wenn die Beziehung völlig einseitig ist.

Die Eckdaten meines Idols habe ich mit einem orangefarbenen Stift auf ein gelochtes Blatt Papier geschrieben, auf das ich dann eine rote Folie lege, um die Schrift zu verdecken und alles auswendig zu lernen.

Geburtstag: 15. August 1992, Sternzeichen: Löwe, Blutgruppe: B, Geburtsort: Präfektur Hyogo, Geschwister: eine vier Jahre ältere Schwester, Lieblingsfarbe: Blau. Wird drei Monate nach seiner Geburt bei der Künstleragentur Starlight Productions angemeldet. Kurz nach seinem Mittelschulabschluss verlässt seine Mutter mit seiner Schwester die Familie. Seitdem lebt er mit seinem Vater, einem Büroangestellten, und seinen Großeltern zusammen. Startet »Masaki Uenos Blog«, hört aber nach anderthalb Jahren auf zu posten. Ist jetzt hauptsächlich auf Instagram aktiv. Twitter nutzt er nur für offizielle Ankündigungen. Mit sechzehn bekommt er seinen eigenen Fanclub. Nach vielen Bühnenshows wechselt er mit achtzehn von Starlight Productions zu Wonder Agency und wird Teil der Band Mazamaza, die sich aus männlichen und weiblichen Idolen zusammensetzt.

Wenn Masaki im Theater auftritt, informiere ich mich genau zu den Hintergründen des Stücks und fertige Skizzen und Diagramme an, sodass es vorkommt, dass ich auf einmal alles über die russische Geschichte weiß und meine Noten in Schularbeiten zu dem Thema viel besser als sonst sind. Bei meinem Blog wandelt der Computer die Schriftzeichen automatisch um, also ist es mir nicht peinlich, wenn jemand meine Texte liest, nicht so wie in der Schule, wo alles per Hand geschrieben werden muss und mich meine Mitschüler beim gegenseitigen Korrigieren ständig auf Fehler hinweisen.

Ich verfolge wirklich alles, was mit Masaki zu tun hat. Ich analysiere ihn und poste darüber in meinem Blog. Wenn ich Fernsehaufnahmen zum zweiten Mal abspiele und mir Notizen dazu mache, erinnert mich das oft an ähnlich ruhige Situationen, wenn meine Schwester ins

Lernen vertieft ist. Dass auch ich mich einer Sache ganz hingeben kann, hat mich Masaki gelehrt.

Heute ging meine Schicht nur bis drei, und ich bin weniger erschöpft als sonst. Auf dem Nachhauseweg lasse ich den Wind durch meine offenen Haare wehen. Als ich mich dann mit einem Glas Eiswasser im Schneidersitz vor den Flachbildschirm setze und auf den milchweißen Knopf der abgegriffenen Fernbedienung drücke, kann ich das Bild wegen des grellen Sonnenlichts, das ins Zimmer fällt, zuerst kaum erkennen. Die Bekanntgabe der Wahlergebnisse ist erst um vier. Ich werfe einen Blick ins Netz und entdecke in den Twitter-Trends zwei, drei Hashtags, die mit Mazamaza zu tun haben. Von draußen höre ich die Lautsprecheransage eines vorbeifahrenden Schrottsammelautos. Dann das Kläffen eines Hundes. Ich ändere die Sitzposition, und als ich die Schenkel von den Dielen löse, spüre ich einen dumpfen Schmerz in der Hüfte. Der von der Klimaanlage abgekühlte Fußboden kommt mir härter vor als sonst. Es wird vier und die Sendung beginnt. Ich höre einen Schlüssel im Haustürschloss und dann die Stimme meiner Mutter, die in scharfem Ton »Hey« sagt.

»Das Fenster steht offen, und die Klimaanlage ist an. Hey, hörst du mich?«

»Nicht mal umgezogen hast du dich, dabei will ich jetzt gleich die Wäsche machen«, dringt es in meine Ohren, »Hmm«, sage ich und stehe auf, den Blick weiter auf den Bildschirm geheftet. Ich ziehe mir leicht wankend die Jeans aus und – »Gardinen zuziehen!«, höre ich wieder meine Mutter. Plötzlich macht es Zzzp, und der Bildschirm wird schwarz. Jetzt sehe ich sie zum ersten Mal an. Haarsträhnen haben sich aus ihrem Zopf gelöst und hängen lose an den Seiten ihres Gesichts herunter.

»Hörst du mir überhaupt zu?«

Sie versteckt die Fernbedienung hinter ihrem Rücken.

»Ja, sorry, aber die Sendung ist wichtig.«

»Nein, du kriegst sie nicht zurück.«

»Warum?«

»Jetzt reiß dich mal zusammen!«

Ich soll mich entschuldigen, also entschuldige ich mich, soll das Fenster zumachen, also mache ich es zu, soll mich umziehen, also ziehe ich mir die Klamotten von der Arbeit aus und einen Hausanzug an. Ich mache die Badewanne sauber, wasche den Teller ab, auf dem ich morgens ein Mikrowellengericht gegessen habe, bringe die frisch gewaschene Wäsche, die meine Schwester mittags zusammengelegt hat, in mein Zimmer, und als ich dann endlich die Fernbedienung zurückbekomme, sind die Wahlergebnisse schon bekannt gegeben worden.

Ich sehe Masaki auf dem Stuhl ganz am Ende der Reihe sitzen und weiß sofort, dass er auf dem letzten Platz gelandet ist.

Erst wird mir schwarz vor Augen, dann rot und dann breitet sich eine undefinierbare Farbe des Zorns in meinem Innern aus. »Warum?«, presse ich so leise hervor, dass sich das Wort an meinen Lippen stößt, aber einmal ausgesprochen gewinnt die Frage sofort an Nachdruck und Hitze. Bei der letzten Wahl saß mein Idol auf dem weichen Samtsessel in der Mitte und schämte sich offensichtlich für die kitschige Krone, die man ihm aufgesetzt hatte. Aber er wirkte auch ein wenig gerührt, was für ihn ganz untypisch ist und deshalb extrem süß war. Ich habe ein Foto davon gemacht, es auf meinem Handy als Sperrbildschirm eingestellt und <Du bist ein Schatz, total süß, mach weiter so> gepostet. Das Foto habe ich mir immer wieder angeguckt, aber jetzt kann ich kaum hinsehen, als sich Masaki auf dem stinknormalen Stuhl vorbeugt, um die Fragen des Moderators zu beantworten. Ich ertrage den Anblick nicht. Als Fan hat man immer das Gefühl, zusammen mit seinem Idol auf dem Platz zu sitzen, den er nach der Wahl belegt. Ich tippe <Warum?> und <Es tut so weh> in mein Handy. Soweit ich es erkenne, bekomme ich von allen meinen Freunden, die gerade online sind, Likes. Raupe kommentiert mit einem heulenden Emoji.

Es war von Anfang an aussichtslos, denke ich. Schmerzhaft spüre ich die Wucht des Skandals. Der Vorfall hat Masaki etwas Wichtiges weggenommen. Mit Sicherheit haben wir Fans diesmal doppelt so viele CDs wie sonst gekauft, aber unsere Anstrengungen haben nichts gebracht. Wenigstens sind es keine hundert Stimmen Unterschied zu Mina, die auf dem vierten Platz gelandet ist, also hat Masaki nur knapp gegen sie verloren. Ich habe fast mein ganzes Gehalt für CDs ausgegeben und fünfzigmal für Masaki gestimmt, aber wenn ich wirklich bis an meine Grenzen gegangen wäre, hätte ich das Ergebnis vielleicht doch noch beeinflussen können. Hätte jede von uns nur ein paar CDs mehr gekauft. Dann wäre Masaki zumindest nicht vom ersten auf den letzten, sondern nur auf den vierten Platz abgerutscht. Masaki sagt oft im Radio, dass ihm das System mit den Wahlscheinen in den CDs nicht gefalle und er nicht wolle, dass sich seine Fans in den Ruin stürzten, auch wenn er sich natürlich über ihre Stimmen freue. Ich weiß also, dass er sich nicht so viel aus den Wahlergebnissen macht. Trotzdem scheint sich ein gewisses Unbehagen durch den Bildschirm hindurch auf mich zu übertragen. »Bitte jeweils noch ein Wort zum Abschluss«, sagt der Moderator und überreicht Masaki das Mikro, der es mit beiden Händen entgegennimmt und seine Ansprache mit »Erst einmal« beginnt, wobei man seinen Atem auf dem Mikrofon hören kann.

»Erst einmal möchte ich mich bedanken, dass mir trotz des jüngsten Vorfalls noch 13627 Fans ihre Stimmen gegeben haben. Es tut mir leid, dass ich euch enttäuscht habe. Ich ärgere mich über mich selbst, weil ich euch nicht das Ergebnis geben konnte, das ihr euch gewünscht habt, aber ich bin auch glücklich. Jede einzelne

Stimme ist bei mir angekommen, und ihr Wert ist mir bewusst. Vielen Dank.«

Masakis Reden sind immer extrem kurz, wofür er manchmal kritisiert wird, aber mir reicht es. Als sich die Gardine im Wind bewegt und helles Licht ins Zimmer fällt, bilde ich mir ein, Masaki wäre genauso geblendet wie ich. Er kneift nämlich gerade die Augen zusammen, und auf seiner Nase bilden sich kleine Fältchen, was ihn wie einen Hundewelpen aussehen lässt und so supersüß ist, dass es mir tief in der Brust einen Stich verpasst.

Wenn in der nationalen Baseballmeisterschaft der Highschools eine Mannschaft ihr entscheidendes Match verliert, heißt es oft, der Sommer sei für sie vorbei. Aber für mich fängt der Sommer heute erst richtig an.

Ich kann jetzt keine halben Sachen mehr machen, denke ich. Ich muss meine ganze Aufmerksamkeit meinem Idol widmen. Weil es mir im Herzen wehtut, immer mehr gebrauchte Masaki-Fanartikel im Netz zu sehen, kaufe ich so viele wie möglich auf, wische sorgfältig den Staub von den alten Buttons und Fotos, die in Paketen aus Okayama oder Okinawa geliefert werden, und stelle sie zum Angucken in mein Regal. Ich gebe für nichts mehr Geld aus, außer für Masaki. Wie gehabt schlaucht mich der Nebenjob, und alles läuft schief, aber wenn ich mir sage, dass ich für Masaki arbeite, fühle ich mich gleich besser. Am fünfzehnten August kaufe ich zu Masakis Geburtstag in einer Konditorei, die meiner Meinung nach die besten Kuchen mit dem leckersten goldgelben Biskuitteig backt, eine ganze Torte, zünde neben dem Schokoplättchen, auf das ich mit weißer Schokolade Masakis Gesicht zeichnen lassen habe, eine Kerze an und poste eine Story, um die Torte danach allein aufzuessen. Schon nach der Hälfte bin ich randvoll, aber mittendrin aufzugeben, käme mir wie Verrat an dem Kuchen und an Masaki vor, also würge ich auch noch den letzten Rest Sahne zusammen mit dem Saft einer zerkauten Erdbeere hinunter. Von dem Zuckerschock wird mir schlecht, und ich muss mich übergeben, denn ich habe immerhin eine ganze Torte in meinen in letzter Zeit kleiner gewordenen Magen hineingepresst. Ich stecke mir auf der Toilette Zeige- und Mittelfinger in den Hals, mein Rachen öffnet sich weit, und noch bevor ich etwas schmecke, nehme ich den Geruch von Erbrochenem wahr. Meine Augen ziehen sich zusammen, und Tränen quellen daraus hervor. Ich glaube zu hören, wie etwas aus dem Inneren meines Körpers nach oben steigt, als auch schon süßliche Kotze in die Klobrille prasselt. Ein paar Tropfen der schmutzigen Flüssigkeit, die sich in der Toilette gesammelt hat, spritzen zurück auf meine Wangen. Ich wische meine Finger mit Toilettenpapier ab und spüle. Nachdem ich das Ganze noch ein paar Mal wiederholt habe, dreht sich mein jetzt leerer Magen um und tut weh. Ich wasche mir unter fließendem Wasser die Hände und blicke in den Spiegel, der mir ein Mädchen mit blutroten Augen zeigt. Geistesabwesend halte ich den Blick des Mädchens und spüle mir den Mund aus, wobei sich etwas Blut und Magensäure in das abfließende Wasser mischen. Es stinkt. Meine Beine schleppen sich die Treppe hoch, meine Hände klammern sich ans Geländer, und als ich auf halbem Weg nicht mehr weiß, ob ich es bis in mein Zimmer schaffe, kommt mir der Gedanke, dass ich es vielleicht auf diese Qualen anlege.

Ich beginne den Teil von mir zu spüren, der alles daransetzt, meinen Körper zu schinden und auszuhöhlen, den Teil, der sich Leiden und Schmerz aussucht. Manchmal habe ich das Gefühl, es würde mich läutern, wenn ich meine Kraft, meine Zeit und mein Geld opfere, also mein ganzes Wesen ausdünne, um mich einer Sache hinzugeben. Es kommt mir vor, als müsste ich nur lange genug den Schmerz aushalten und weitermachen, als läge darin meine Daseinsberechtigung. Ich schreibe täglich einen neuen Blogbeitrag, auch wenn ich nicht viel zu sagen habe. Die Zahl der Besucher steigt, aber die Aufrufe pro Beitrag nehmen ab. Es wird mir lästig, das Geschehen auf Twitter zu verfolgen, also logge ich mich aus. Aufrufzahlen sind sowieso unwichtig, solange ich Masaki nur weiter treu unterstütze.

Im Schulkrankenzimmer scheint die Zeit stillzustehen. Die Schulglocke, die mit einem Mal lauter werdenden Flure, das raschelnde Laub der Bäume vor dem Fenster, das alles kommt mir ganz weit weg vor, während ich im weißen, kühlen Krankenbett liege. Ich löse den Blick von der grau gesprenkelten Zimmerdecke und fokussiere mich auf das Silber der Gardinenstange, die schwach das Sonnenlicht reflektiert, als meine Sicht auch schon wieder verschwimmt. In letzter Zeit fühlt sich mein Kopf durchgehend benebelt an, was vielleicht daran liegt, dass ich im Sommer so viel Gewicht verloren habe. Außerdem bin ich ins neue Halbjahr gestolpert, ohne meinen gestörten Schlafrhythmus anzupassen, weshalb ich im Unterricht gar nicht mehr mitkomme. Am rechten Rand meines Sichtfelds ist jetzt immer ein roter Fleck, der wie verklumptes Blut aussieht, und auf meinem Gesicht haben sich Pickel breitgemacht. »Igitt«, hat meine Mutter dazu gesagt. Im Netz habe ich gelesen, man müsste Pickel sanft waschen und eincremen, aber für so etwas habe ich keine Zeit, also rubbele ich einfach mehrmals täglich mit Wasser darüber und lasse mir einen Pony wachsen, um möglichst viel vom Gesicht zu verdecken. Heute hatte ich den ganzen Tag dieses Schwindelgefühl, wie wenn man zu lange heiß badet und dann abrupt aufsteht, außerdem hatte ich meine Hausaufgaben und das Handout für Klassisches Japanisch nicht dabei, und mir tun die Ohren weh, weil ich nicht schlafen kann, wenn ich mich nicht die ganze Nacht lang über Kopfhörer von einem Schlaflied beschallen lasse, das Masaki a cappella singt. Im Unterricht habe ich fast durchgehend gedöst, aber in der vierten Stunde mussten wir in Gruppen einen englischen Text übersetzen, wofür ich aufstehen musste. Draußen war es verhangen, und im dunklen Klassenzimmer war die Stimmung gedrückt. Niemand redete viel. Ich hob meinen Tisch an, ohne aufzusehen, um ihn mit denen meiner Mitschüler zusammenzustellen, doch da hatten sich längst Gruppen gebildet, sodass ich am Ende als Letzte mit dem Tisch in den Händen dastand. Meine Haut wurde heiß, während mein Blick über die Gesichter meiner Mitschüler huschte und ich mich keinen Zentimeter vom Fleck rühren konnte. Das Ticken der Uhr hallte endlos lange in meiner Brust wider.

Wie auf Autoplay spult mein Körper das Gefühl von vor ein paar Stunden wieder ab, und ich verkrieche mich unter der Bettdecke. Als ich kurz davor bin, einzuschlafen, zieht die Schulkrankenschwester den Vorhang vor meinem Bett zurück und sagt: »Akari-chan, hast du kurz Zeit? Herr Arishima möchte mit dir sprechen.« Ich setze mich auf. Meine Organe wackeln unsicher, als mein Körper die Liegeposition verlässt. In der hinteren Zimmerecke steht mein Klassenlehrer Herr Arishima. Wenn Lehrer ins Krankenzimmer kommen, wirken sie immer ein bisschen anders, als wenn sie vor der Klasse stehen oder man sie im Lehrerzimmer trifft.

»Alles okay?«, fragt Herr Arishima in halb ironischem,

halb genervtem Ton. Er ist Ende dreißig und kriegt beim Reden kaum den Mund auf. Im Klassenzimmer kann man ihn nur schlecht verstehen, weil er so leise spricht, aber hier passt die Lautstärke. Er führt mich ins angrenzende Sprechzimmer, das dazu da ist, die Privatsphäre der Schüler zu schützen. »In letzter Zeit höre ich immer wieder von Kolleginnen und Kollegen, dass du nicht im Unterricht erscheinst«, sagt Herr Arishima, gleich nachdem er sich gesetzt hat.

»Tut mir leid.«

»Geht's dir nicht gut?«

»Nein.«

»Und warum geht es dir nicht gut?«

»Hm, nur so.«

Herr Arishima zieht kritisch die Augenbrauen zusammen und macht ein Gesicht, als wüsste er mit mir nicht weiter.

»Mir kann es ja egal sein, aber wenn du so weitermachst, wirst du sitzen bleiben. Ich denke, das ist dir bewusst, oder?«

Bevor ich das Jahr wiederhole, will ich lieber ganz von der Schule gehen, aber dann müsste ich mir überlegen, was ich danach machen will und so weiter und so fort. Nachdem wir alle Themen einmal durchgekaut haben, die ich so ähnlich schon zigmal mit meiner Familie besprochen habe, fragt mich Herr Arishima:

»Lernst du nicht gerne?«

»Ich kann es halt einfach nicht.«

»Und warum glaubst du, kannst du es nicht?«

Ich fühle mich heftig gewürgt. Warum ich es nicht kann? Das würde ich selbst gern wissen! Mir kommen Tränen. Aber bei dem Gedanken, was für einen hässlichen Anblick ich abgeben würde, wenn ich mit meinem Pickelgesicht auch noch weine, halte ich sie im letzten Moment zurück. Meine Schwester Hikari könnte jetzt ohne Zurückhaltung losheulen, aber ich fände es schamlos, mich so gehen zu lassen. Es wäre, als ob ich gegen meinen eigenen Körper verliere. Also lockere ich meinen Kiefer, den ich fest zusammengepresst habe, entspanne meine Augen und lenke mein Bewusstsein langsam in andere Bahnen. Draußen weht ein starker Wind. Im Sprechzimmer ist es so stickig, dass die schwere Luft auf meinen Körper drückt. Herr Arishima hält mir keine wütende Predigt, sondern geht jetzt zum Überreden über. »Die Schule solltest du schon fertig machen. Es ist doch nicht mehr lange. Häng dich dieses letzte bisschen noch einmal richtig rein. Mit Blick auf deine Zukunft wäre das auf jeden Fall besser.« Alles, was er sagt, klingt vernünftig, aber meine innere Stimme schreit: »Mir geht es aber *jetzt* schlecht!« Ich weiß nicht mehr, auf welchen Rat ich hören soll und wovor ich zum Selbstschutz weglaufen darf.

Ich bin sitzen geblieben. Man hat es mir im März meines zweiten Highschooljahres mitgeteilt. Nach dem abschließenden Gespräch mit den Lehrern, zu dem meine Mutter mitgekommen ist, gehen wir zusammen zurück zur Bahnstation in der Nähe meiner Schule. Ich spüre mit noch mehr Wucht als zuvor, wie die vielen Male, die ich im Schulkrankenzimmer den Unterricht verpasst habe oder einfach früher nach Hause gegangen bin, zwischen uns stehen, und meine Mutter scheint es auch zu spüren. Obwohl keine von uns eine Träne vergossen hat, sehen unsere Gesichter todmüde aus, wie von zu viel Weinen. Ich habe entschieden, die Schule abzubrechen, weil es nur wieder auf dasselbe hinausgelaufen wäre. Es ist ein seltsames Gefühl.

Auf dem Schulweg habe ich immer Masakis Lieder gehört. Wenn ich es nicht eilig hatte, bin ich mit einer Ballade zur Station spaziert, aber wenn die Zeit gedrängt hat, habe ich mit einem schnellen Song einen Sprint eingelegt. Der Weg zur Bahn hat immer unterschiedlich lang gedauert, weil das Musiktempo den Rhythmus meiner Schritte bestimmt hat.

Sich selbst zu steuern, kostet Kraft. Sich vom Beat eines Liedes tragen zu lassen, ist dagegen so leicht wie mit der U-Bahn oder einem Fahrstuhl zu fahren. Menschen, die nachmittags in der Bahn sitzen, strahlen oft eine gewisse Ruhe und Gelassenheit aus, vielleicht weil ihnen das Gefühl, sich zu bewegen, Sicherheit gibt. Die erleichternde Gewissheit voranzukommen, ohne etwas dafür tun zu müssen, erlaubt es ihnen, gemütlich auf ihren

Handys zu spielen oder zu dösen. In Wartezimmern ist es dasselbe. Wenn man sich in einen dicken Mantel gehüllt in einen Raum setzt, in dem selbst das Sonnenlicht kalt wirkt, ist manchmal nur das Wissen, dass man auf etwas wartet, mit warmer Erleichterung verbunden. Zu Hause auf dem Sofa oder unter meiner Bettdecke, in die sich die Wärme und der Geruch meines Körpers gefressen haben, staut sich bei mir immer genauso viel finstere Unruhe an, wie Stunden bis zum Sonnenuntergang vergehen, ob ich nun meine Zeit mit Videospielen verplempere oder ein Nickerchen halte. Manchmal ist es anstrengender, nichts zu tun, als irgendetwas zu tun.

Auf meine Nachricht im Familien-Chat, in der ich meinen Schulabbruch mitgeteilt habe, antwortet meine Schwester: <Verstehe. War sicher nicht einfach. Kopf hoch.> Abends kommt sie dann mit einem »Hör mal« in mein Zimmer gestürmt. »Dir geht's jetzt sicher nicht gut. Ruh dich doch einfach ein bisschen aus.«

Mit sichtbarem Unbehagen lässt sie ihren Blick durch mein blaues Zimmer wandern. Meine Mutter kommt ständig ohne Erlaubnis zu mir rein, aber ich weiß wirklich nicht, wie lange Hikari nicht mehr hier war, obwohl ihr Zimmer direkt neben meinem liegt.

»Ja, danke.«

»Alles in Ordnung«, sagt sie, ohne dass ich mir sicher bin, ob sie es als Frage oder als guten Zuspruch meint. »Ja«, sage ich noch einmal.

Meine Mutter hat es am schlechtesten verkraftet. Sie hatte schon immer eine genaue Vorstellung davon, wie die Dinge zu sein haben, aber alles in ihrem Leben läuft schief. Das gilt nicht nur für den Schulabbruch ihrer jüngsten Tochter. Ihre eigene Mutter wird immer schwächer, und der neue Arzt ist ein Idiot. Eine direkte Untergebene im Büro ist schwanger geworden, weshalb sie jetzt noch mehr Arbeit am Hals hat. Die Stromkosten sind gestiegen. Die Pflanzen der Nachbarn sind wie verrückt gewachsen und ragen jetzt auf unser Grundstück. Unser Vater hat seinen Besuch aus dem Ausland wegen der Arbeit verschoben. Der Henkel eines neugekauften Topfes ist abgebrochen, und der Hersteller hat nach einer Woche noch keinen Ersatz geliefert.

Mit jedem Tag scheint ihre Schlaflosigkeit schlimmer zu werden. Sie klagt über viel zu viele graue Haare und steht ewig vorm Spiegel, um auf ihrem Kopf danach zu suchen. Ihre Augenringe sind dunkler geworden. Hikari hat ihr letztens einen Abdeckstift gekauft, der gerade auf Instagram gehypt wird, was bei Mama einen Wutanfall ausgelöst hat. Hikari ist in Tränen ausgebrochen. Dass sie so laut geheult hat, hat Mama nur noch mehr gereizt.

Seufzer rieseln auf den Wohnzimmerboden, und Schluchzer setzen sich in den Ritzen der Dielen und der Holzmaserung der Schränke fest. Vielleicht sind es all diese Geräusche, das Poltern herangezogener Stühle, das Knallen von Türen, das Knirschen von Zähnen, geflüsterte Vorwürfe, die den Staub anziehen, dem Schimmel Nährboden geben und ein Haus langsam zerfallen lassen. Unser wackliges Zuhause, das kurz vor dem Zusammenbruch steht, scheint sich irgendwann fast zu wünschen, niedergerissen zu werden. Genau zu dieser Zeit erreicht uns die Nachricht vom Tod meiner Großmutter.

Als ich nach einer Standpauke auf der Arbeit wegen eines eiskalt servierten Fischs zu Hause ankomme, ist meine Mutter gerade dabei, schnell alle Fenster und Türen zu schließen, während sie sich die Haare kämmt.

»Wir müssen sofort los«, sagt sie. »Oma ist gestorben.«

Sie schaltet den Fernseher aus, indem sie mehrmals fahrig auf den Knopf der Fernbedienung drückt. Nachdem sie auch das Licht und den Ventilator ausgeschaltet hat, wird es still, und Hikari, die schon rote Augen hat, füllt Wasser in eine leere Teeflasche.

»Zieht euch um.«

Die Nachricht vom Tod erwischt mich kalt. Es ist, als hätte ich mir Schokobonbons aus einer riesigen Packung genommen, und dann, nachdem ich gerade einen gegessen habe, wird mir plötzlich gesagt: »Das war der letzte.«

Im Auto schweigen wir. Nur unsere Mutter weint beherrscht hinterm Steuer. Ihr Gesichtsausdruck bleibt streng, während ihr Tränen über die Wangen laufen, die wohl einfach so kommen. Sie wischt sie sich regelmäßig aus dem Gesicht, weil sie ihre Sicht beeinträchtigen.

Als wir auf die Autobahn fahren, wendet mir Hikari den Rücken zu und betrachtet die ineinander verschwimmenden bunten Lichter, die an uns vorbeiziehen. Mein Handy vibriert, und ich lese Narumis Message. Sie will heute Abend mit mir telefonieren. Beim Chatten habe ich immer noch ihr Gesicht vor der Schönheits-OP vor Augen. Letztes Jahr, in den Ferien vor meinem Schulabbruch, hat sich Narumi die Lidfalten operieren lassen. Als die Schule wieder anfing, waren ihre Augen noch geschwollen. Natürlich wurde hinter ihrem Rücken über sie geredet, aber das ignorierte Narumi. Ihre Augen, die nach einigen Tagen abgeschwollen und wie geplant größer geworden waren, sahen nur ihr Idol. Ich antworte ihr mit einem Sound-Sticker von Mazamaza. Beim Verschicken trällert Sena ein viel zu fröhliches »Okay«. Hikari zuckt zusammen, starrt aber weiter aus dem Fenster.

Während Mama im Krankenhaus bleibt, um zuzusehen, wie der Leichnam abtransportiert wird, gehen wir schon mal ins Haus unserer Großmutter. Hikari räumt die alten Zeitungen, abgelaufenen Seetangstreifen und sauren Snackpflaumen vom Tisch und hält ein trockenes Wischtuch unter laufendes Wasser. Nachdem sie die weißliche Staubschicht abgewischt hat, glänzt die Platte wieder und reflektiert das grelle Licht der runden Deckenlampe. Hikari stellt die Lunchboxen, die wir in einem Convenience Store einer uns unbekannten Kette gekauft haben, auf den Tisch und legt jeweils Einweg-Stäbchen dazu. Das frittierte Hühnchenfleisch und die Hähnchenschnitzel sehen größer aus als in dem Store in unserer Nachbarschaft. »Essen wir jetzt?«, frage ich. »Keine Ahnung. Mach, was du willst«, antwortet Hikari mit einem Blick auf die Uhr.

Ich schlüpfe in die Sandalen auf der Veranda und gehe in den Garten. Er ist von einer Steinmauer umgeben und hat einen Teich in der Mitte, auf dem sich verschwommen das Mondlicht spiegelt. Als ich Narumi anrufe, meldet sie sich nach dem ersten Klingeln mit »Hey hey«. Beim Klang ihrer Stimme kommt mir als Erstes wieder ihr Gesicht von vor der OP in den Sinn. »Was gibt's?«, frage ich. »Wir haben uns lange nicht gesprochen«, meint Narumi. »Stimmt.« »Der Schulweg ist einsam ohne dich.« »Bei mir war echt einiges los.« »Verstehe.« »Ich weiß.« Eine kurze Stille.

»Ist bei dir nicht auch einiges los gewesen, Narumi?«

»Du hast es gemerkt? Ich warne dich, Akari, ich habe schockierende Neuigkeiten.«

Ich war über die Steine am Rand des Teichs balanciert, aber jetzt springe ich zurück auf den Boden.

»Wie? Erzähl, erzähl, erzähl!«

»Wir haben Nummern ausgetauscht.«

»Waaas?« Ein winziges geflügeltes Insekt setzt sich auf meinen vor übertriebener Überraschung aufgerissenen Mund, und ich schnippe es schnell weg. Mir wird schwindelig, also lasse ich mich auf die Veranda plumpsen.

»Wow, krass, Glückwunsch.«

»Die Magie der Schönheits-OP.«

»Daran liegt es ja wohl nicht.«

»Doch«, sagt Narumi nüchtern. Ich sehe deutlich ihr Gesicht vor mir, aus dem der volle Ernst spricht.

»Er steht echt hart auf große Kulleraugen. Seit der OP behandelt er mich ganz anders. Auch auf Dates sagt er mir, dass ich jetzt viel besser aussehe.«

»Halt. Stopp. Wie jetzt? Seid ihr etwa zusammen?«

»Irgendwie schon und irgendwie nicht. So was dazwischen.«

Ich lege mich der Länge nach auf die Veranda, die Sandalen noch an den Füßen, und sage in einem Atemzug: »Echt jetzt? Krass! Im Ernst? Hä? Oha!« Dabei muss ich wie ein überraschtes Emoji aussehen, das in den Himmel starrt. Wenn ich mich immer so simpel ausdrücken würde, könnte ich vielleicht ein weniger komplizierter Mensch werden, denke ich. Wir reden noch ein bisschen weiter und legen dann auf.

Es riecht nach nächtlicher Meeresluft. Hinter dieser moosbewachsenen Steinmauer ist das Meer. Ich stelle mir ölige Wassermassen vor, die mit theatralischem Dröhnen branden. Ein gespenstisches Gefühl kriecht aus der Tiefe meines Bewusstseins und jagt mir einen Schauder über den Rücken. Ich muss an den Tod meines

Opas denken und daran, wie meine Oma damals reagiert hat, aber die Erinnerung wird sofort auf den dunklen Meeresgrund gezogen. Ich stelle mir die letzten Momente meiner Großmutter vor, und wieder spült das Meer die Gedanken weg.

Um der Angst zu entkommen, kehre ich ins Wohnzimmer zurück. Meine Mutter und mein Vater, der gerade zu Besuch ist, treffen ein. Bis zum Ende der Beerdigung bleiben wir alle hier im Haus meiner Großmutter.

Ich entsperre mein Handy, spiele ein altes Video von Masaki ab, stelle dabei auf maximale Bildqualität und mache Screenshots. Dann speichere ich einige Fotos von der Fanclub-Webseite, die nur Mitgliedern zugänglich ist. Masaki ist immer süß. Ich meine damit nicht »süß«, wie man es zu rosa Rüschen oder Schleifchen sagen würde. Auch nicht im Sinne von einem süßen Gesicht. Am besten trifft es das Süß aus dem Kinderlied »Die sieben Rabenkinder«. »Mutter Rabe, warum rufst du? Weil ich droben in den Bergen sieben süße Kinder habe.« Ich will ihn beschützen und spüre beim Gedanken an ihn ein Ziehen in der Brust. Dieses Gefühl ist so stark, dass es niemals verschwinden wird, was auch immer mit Masaki passiert.

»Gibt's hier keinen Föhn?«, fragt Hikari in Richtung Wohnzimmer, während sie sich die Haare mit einem ausgeblichenen Handtuch trocknet. Kurze Stille, dann antwortet meine Mutter: »Hm, gute Frage.« Sie lacht über etwas aus der Comedyshow im Fernsehen.

»Geh du als Nächste ins Bad, Akari«, sagt mein Vater.

»Und was ist mit dir?«

»Ich gehe als Letzter.«

»Du brauchst immer so lange, Akari. Also mach schon«, sagt auch meine Mutter.

Das Bad am Ende des dunklen, nach Schimmel riechenden Flurs ist das kälteste Zimmer im Haus. Die Badewanne ist nur halb so groß wie in den meisten Wohnungen. Durch das undichte Fenster, das nach Norden geht, weht eiskalter Wind, aber sobald ich im heißen Wasser sitze, fühlt sich die Luft auf meinem Gesicht erfrischend an. Mein Handy habe ich mitgenommen. Mir wird mulmig, wenn ich Masaki nicht immer bei mir habe. In letzter Zeit kommen mir die Ränder meines Handybildschirms wie die vier Wände meines Zimmers vor.

Mein Fotoalbum enthält kaum Bilder von Familie oder Freunden, und obwohl auf meinem PC und Handy ansonsten das totale Chaos herrscht, habe ich Masakis Fotos fein säuberlich in den Ordnern »Kindheit«, »Zeit als Schauspieler« und »Zeit als Idol« abgelegt, damit ich jederzeit auf jedes Foto zugreifen kann. Mein aktueller Favorit ist ein Bild, das Masaki auf Instagram mit dem Text <Habe mir die Haare blondiert, aber so richtig> gepostet hat. Es sieht extrem süß aus, wie er das Peace-Zeichen macht und dabei die Handykamera in den Spiegel hält, der ihn mit kurzen blonden Haaren zeigt. Sein Gesicht ist ernst, aber er muss gut gelaunt gewesen sein, weil er fast nie solche Posen macht. <Wie kann man so ein hübsches Gesicht haben …? Hell steht dir super. Freue mich auf dein Konzert!>, hatte ich kommentiert. <Ist da ein leichter Blaustich mit drin? Oder ist das nur das Licht? Jedenfalls sieht es mega aus. Dir steht alles, Masaki.> <Wie immer eine Augenweide. Danke, dass es dich gibt.> <Ist das Shirt, das du trägst, von L'Oiseau bleu?> <Gibt's nicht! Ich habe mir auch gerade die Haare blondiert. Das muss Schicksal sein;)> Seit dem Shitstorm im Juli letzten Jahres ist über ein Jahr vergangen, und langsam werden die positiven Kommentare wieder mehr, aber natürlich gibt es auch noch hartnäckige Hater. Sie wissen manchmal besser über Masaki Bescheid als seine neueren Fans. Es kommt nicht selten vor, dass Fans aus irgendeinem Grund zu Anti-Fans werden, und vermutlich stammt der Großteil der kritischen Kommentare von solchen Personen. In anonymen Foren werden wie immer Gerüchte über Masakis Beziehungsleben ausgetauscht. Bislang sind Namen verschiedener Models und Nachrichtensprecherinnen gefallen, aber jetzt wird sogar gemunkelt, Masaki sei mit der Frau zusammen, die er vor einem Jahr geschlagen habe. Es heißt, sie sei gar kein Fan, sondern seine Freundin, und Masakis Agentur habe es bloß vertuscht, um seinen weiblichen Anhängerinnen nicht die Illusion zu nehmen, er sei Single. Der vermeintliche Instagram-Account der Frau wurde ausfindig gemacht, und eine große Spurensuche ging los. Dass sie in der Zeit während des Skandals keine Selfies hochgeladen hat und dass auf einem ihrer Bilder eine Teetasse zu sehen ist, die einer von Masaki ähnelt, wird alles gedeutet.

Ich setze mich auf den Rand der Wanne und lege mein Handy auf den Fenstersims. An der Kappe des Putzmittels, das dort steht, kleben Haare und Staub. Die Fensterscheibe hat ein feines Muster aus sich kreuzenden Linien, und hinter dem Glas kann ich das Grau der Steinwand und die Farben der Blumen erkennen. Wahrscheinlich wird sogar ein langweiliger Bildausschnitt wie dieser zugeordnet und interpretiert, wenn man prominent ist, denke ich. Ich steige aus der Wanne und will mich gerade auf den Schemel davor setzen, um mir die Haare zu waschen, als ich meinen grotesk dünnen Körper im Spiegel sehe und meine Beine auf einmal ganz schwach werden.

Ich kehre ins Wohnzimmer zurück, wo aus irgendeinem Grund gerade das Thema Jobsuche auf der Tagesordnung steht.

Meine Mutter will, dass ich mich setze, also lasse ich mich aufs Sofa sinken, während mein Vater auf dem Platz vor mir in Position geht. Meine Mutter räumt den Tisch ab. Beide stellen eine ernste Miene zur Schau. Ich fühle mich unwohl.

Hikari, die als Einzige mit seitlich angezogenen Beinen auf dem Boden sitzt, rubbelt ihr feuchtes Haar mit einem Handtuch trocken und sieht dabei fern. Ihre Ohren sind rot, vielleicht noch von dem heißen Bad.

Obwohl sie sich von uns abgewendet hat, merke ich, dass sie angespannt ist. Im Fernsehen laufen Untertitel, weil Oma schwerhörig gewesen ist.

»Wie läuft es in letzter Zeit? Mit der Jobsuche, meine ich. Bemühst du dich?«, fragt mich mein Vater, aber eh nur der Form halber. Er stützt sich mit den Ellenbogen auf dem Tisch ab und faltet seine Hände. Es nervt mich, dass er viel mehr Platz als notwendig einnimmt.

»Nein, tut sie nicht«, sagt meine Mutter mit aufgerissenen Augen. »Ich habe sie schon tausendmal darauf angesprochen, und immer kommt sie mit irgendeiner Ausrede, oder sie schnauzt mich an und behauptet, sie habe sich doch beworben. Aber sobald ich nachhake, kommt raus, dass sie nur bei zwei, drei Firmen angerufen hat, mehr nicht. Sie hat null Antrieb.« Meine Mutter wirkt aufgebrachter als sonst. Entweder sie spielt sich vor unserem Vater auf, oder es liegt daran, dass Oma gerade gestorben ist. Mein Vater ignoriert sie und fragt mich noch einmal, wie ich das sehe.

»Ich habe ja gesucht.«

»Hast du Lebensläufe rausgeschickt?«

»Nein, aber ich habe angerufen.«

»Sie kommt nicht in die Gänge«, sagt meine Mutter wieder. »So ist es immer mit ihr. Sie ist apathisch. Sie denkt, sie kann das alles irgendwie im Sande verlaufen lassen.«

»Du hattest jetzt ein halbes Jahr Zeit, stimmt's? Warum hast du dich nicht mehr angestrengt?«

»Ich konnte nicht«, sage ich. »Lüg nicht«, entgegnet meine Mutter. »Zu Konzerten kannst du doch auch gehen, oder?«

Aus einer geplatzten Naht im Polster des schwarzen Kunstledersofas tritt gelber Schaumstoff hervor.

»Das klingt jetzt vielleicht hart, aber wir können dich nicht für immer unterstützen, verstehst du das?«, fragt mein Vater.

Während ich mit den Fingern im alten Schaumstoff herumstochere, wendet sich das Gespräch meiner Zukunft zu. Zuerst mache ich einen auf trotzig und versuche es mit unmöglichen Forderungen, bis mir die betont gelassene Haltung meines Vaters so krass auf die Nerven geht, dass ich wirklich gereizt werde, aber bevor sich die Wut auf meinem Gesicht zeigt, erinnere ich mich an etwas und muss grinsen. Mir ist ein Beitrag meines Vaters auf Twitter in den Sinn gekommen, den ich vor einiger Zeit entdeckt habe. Mein Vater hat einen anonymen Account, auf dem er sogenannte »Altherren-Posts« absetzt. Ich habe ihn nur zufällig gefunden, als mir unter einem viralen Beitrag einer weiblichen Synchronsprecherin ein Kommentar mit einem Foto von einem grünen Sofa aufgefallen ist, das mir seltsam bekannt vorkam. Der Zufall hat mich stutzig gemacht, also habe ich auf das Bild geklickt und gesehen, dass es wirklich die Wohnung meines Vaters im Ausland zeigt.

<Ich habe dasselbe Sofa wie du gekauft, Kanami (^_^)

Heute wieder Überstunden & ein einsamer Drink zu Hause (;^_^_) Morgen geht es frisch ans Werk!>

Der Kommentar endete mit einem roten Ausrufezeichen. Nach einer kurzen Suche entdeckte ich noch weitere Posts mit ähnlichen Inhalten und Emojis. Es war eine seltsame Vorstellung, dass mein Vater, der ohne uns im Ausland lebt, elegante Anzüge trägt und bei seinen sporadischen Besuchen in Japan immer fröhlich, aber total unsensibel daherredet, einem weiblichen Influencer detailliert Bericht über sein Leben erstattet. Seitdem habe ich mir seine Beiträge nicht mehr angesehen, weil es mir irgendwie falsch vorgekommen wäre, und ich weiß nicht mal mehr den Namen des Accounts, aber bei dem Gedanken daran kann ich mir das Lachen einfach nicht verkneifen.

»Nimm uns gefälligst ernst!«, schreit mich meine Mutter an und schüttelt mich am Arm. Hikaris Schultern zucken zusammen. Die Schaumstofffetzen, die ich aus dem Polster gerupft habe, fallen mir aus der Hand.

»Stopp!«, geht mein Vater dazwischen. Meine Mutter lässt mich los und verstummt. Dann zischt sie etwas, so leise, dass man es nicht verstehen kann, und stampft laut die Treppen in den ersten Stock hoch. Hikari schnappt sich ihr Handy und rennt ihr nach.

Irgendetwas ist heute anders als sonst. Mein Vater wirkt als Einziger seltsam gelassen.

»Wenn du weder zur Schule gehen willst noch vorhast zu arbeiten, können wir dich nicht mehr finanziell unterstützen. Geben wir dir eine Frist.«

Er will ganz pragmatisch eine Lösung finden. Sein Tonfall ist nüchtern und ruhig, und er setzt sogar dieses Lächeln auf, das nur Menschen vorbehalten ist, denen alles im Leben leichtfällt. Was mir mein Vater und die anderen Erwachsenen erklären wollen, ist mir längst klar, viel zu klar sogar, weil ich mir dieselben Fragen schon tausendmal selbst gestellt habe.

»Ein Mensch kann ohne Arbeit nicht leben. Es ist wie in der Wildnis. Ein Tier, das keine Beute fängt, stirbt«, sagt mein Vater.

»Dann sterbe ich eben.«

»Also, nein, darauf wollte ich jetzt nicht hinaus.«

Es geht mir gegen den Strich, dass er einen auf verbündet macht, mich dann aber wieder abblockt. Vielleicht ist es dieses Gefühl, unter dem Masaki so leidet, denke ich. Das Gefühl, von niemandem verstanden zu werden.

»Und was dann?«, frage ich mit erstickter Stimme. »Geh arbeiten, geh arbeiten. Das sagt ihr immer. Aber ich kann eben nicht. Weißt du nicht, was der Arzt gesagt hat? Ich bin nicht wie andere.«

»Schon wieder gibst du dieser Sache die Schuld.«

»Darum geht es doch nicht. Es geht nicht ... um Schuld.« Meine Stimme klingt schwach, weil ich kurz vergessen habe zu atmen. Hikari ist schweigend die Treppen heruntergekommen, und ich sehe sie aus meinen

Augenwinkeln unbeweglich dastehen. Ihr grünes T-Shirt verschwimmt, als mir die Tränen kommen, die ich die ganze Zeit zurückgehalten habe. Es ärgert mich, dass ich weine. Es ärgert mich, dass ich gegen meinen Körper verliere, der mir diese Tränen vorschreibt.

Meine Schluchzer kommen mir übertrieben laut vor.

»Lasst sie doch«, sagt Hikari, die bis jetzt kein Wort von sich gegeben hat. Sie guckt aus dem Fenster. Mein Vater will etwas antworten, verkneift es sich aber.

»Ich meine, lasst sie doch einfach. Wie wär's, wenn du erst mal allein lebst, Akari? So leidest du doch nur.«

Mit einem leisen Klatschen, das wie eine sanfte Ohrfeige klingt, tropft Regenwasser durch ein Leck im Dach in den Raum, der uns drei beherbergt. Klarer kalter Herbstregen höhlt langsam unser Zuhause aus.

Am Ende ziehe ich allein in dieses Haus, in dem bis vor Kurzem noch meine Oma gelebt hat. Meine Eltern zahlen meinen Lebensunterhalt, und ich höre in der Kneipe auf. Meiner Familie erzähle ich, ich hätte gekündigt, um mich ganz auf die Jobsuche zu konzentrieren, aber in Wirklichkeit habe ich es einfach nur total verschwitzt, mich für die Tage der Beerdigung abzumelden, woraufhin ich einen Anruf von Sachiyo bekommen habe.

»Ich weiß ja, dass du dich anstrengst, aber hör mal, wir sind ein Gewerbe«, sagte sie.

»Tut mir wirklich leid, Akari, aber das war's.«

Vor einigen Tagen habe ich an einem Bahnhofskiosk einen Artikel mit der Überschrift »Lebt Masaki Ueno von Mazamaza mit einer unbekannten Schönheit um die zwanzig zusammen? Der Star, der seine Fans vergrault« gelesen. In Masakis Band sind Beziehungen, anders als in anderen Idol-Gruppen, nicht verboten. Masaki selbst hat in einem Interview gesagt, er wolle irgendwann heiraten. In dem Artikel stand zwar, die weiblichen Fans seien außer sich vor Wut und er habe sich seine Laufbahn als Idol verspielt, aber mich hat es gar nicht wütend gemacht. Mir ist nur aufgefallen, dass die große Sonnenbrille, die Masaki auf dem Paparazzi-Foto trägt, nicht zu der Einkaufstüte in seiner Hand passt.

Ich höre in der Ferne Kindergeschrei. In meinen Ohren klingt es wie Wasser, das anfängt zu kochen. Abends kommen mir die Geräusche in diesem Haus immer seltsam laut vor. Bald ist es Zeit für Masakis Instagram-Livestream.

Ich reiße eine Packung Instant-Ramen mit Hühnchengeschmack auf, die ich auf Vorrat gekauft habe, und gebe die trockenen Nudeln in eine Schüssel. Die zerbrochenen Nudelstücke, die sich auf dem Boden der Packung gesammelt haben, rieseln daneben. Meistens isst Masaki bei seinen Livestreams und weil ich mit ihm zusammen auch ein bisschen Appetit bekomme, bereite ich mir immer etwas vor. Ich leihe mir alle Filme aus, die Masaki empfiehlt, und sehe mir die Youtube-Videos von

Comedians an, die er lustig findet. Weil er immer abends live geht, lege ich mich schlafen, nachdem er mir eine gute Nacht gewünscht hat.

Mir fällt ein, dass ich noch Wasser kochen muss, also stelle ich einen Kessel auf den Herd. Ich krieche unter die muffige Decke, die über dem Kotatsu, dem niedrigen Heiztisch, liegt, als auf meinem Handy auch schon die Übertragung anfängt.

Zuerst sehe ich nur Masakis Augen ganz groß auf dem Bildschirm. »Seht ihr mich?«, fragt er. Als er sich ein Stück von der Kamera entfernt, erkenne ich, dass er ein Sweatshirt trägt und sich mit der Hand durch die kürzer gewordenen Haare fährt, wobei er ernst und leicht verlegen aussieht. Sofort erscheint eine Reihe von Kommentaren. <Wir sehen dich.> <Alles gut.> <Du siehst süß aus.> <Ja, wir sehen dich!> <Deine Kamera ist an!> Masaki bewegt sich vor meinen Augen. Er sitzt gerade irgendwo und schaut auf seinen Handybildschirm. <Hast du dir die Haare geschnitten?>, schreibe ich. <Ich habe heute Geburtstag> poppt ein Kommentar auf, und Masaki, dessen Blick bis jetzt hin- und hergesprungen ist, sagt mit ein bisschen Verzögerung: »Oh, herzlichen Glückwunsch zum Geburtstag.« Nachdem massenhaft Kommentare wie <Ich lerne gerade für eine Prüfung>, <Ich habe einen Job gefunden, Masaki>, <Nenn mich bitte Yuka> aufgetaucht sind, bilden sich auf Masakis Nasenrücken kleine Fältchen und er lächelt leicht gequält. Das Lächeln verschwindet sofort wieder in der körnigen Liveübertragung, und gleich danach sagt Masaki: »Ach ja, ich trinke Cola«, wobei er eine Colaflasche in die Kamera hält.

»Und ich habe mir etwas zu essen bestellt. Sushi, Salat und Gyoza.«

<Das macht dick, lol!> <Diese Lieferdienste sind ganz schön teuer, oder?> <Superpraktisch, ich bestelle mir auch oft Essen nach Hause.>

Masaki stützt seinen Kopf in die Hände und sieht in die Kamera. Mir ist klar, dass sein suchender Blick nichts zu bedeuten hat. Er überlegt bloß, auf welchen Kommentar er als Nächstes reagieren soll, aber sein angestrengtes Gesicht ist so süß, dass ich einen Screenshot machen muss. Ich erwische ihn mit geschlossenen Augen, also warte ich das richtige Timing ab und mache noch ein paar Fotos. Auf dem Sofa hinter Masaki liegen ein Kissen und ein Teddybär, was mich stutzig macht. Masaki hat einmal gesagt, er habe ein Trauma von Stofftieren, seit er als kleiner Junge in dieser Kindersendung mit dem Moderator im Stofftierkostüm aufgetreten ist.

»Ich bin mir nicht sicher, ob es an dieser Erinnerung liegt, aber solche Kostüme machen mich nervös. Auch ganz normale Stofftiere mag ich nicht besonders.«

So steht es in der Kategorie »Was Masaki nicht mag« in meinem Ordner, den ich schnell aus dem Regal gezogen habe. Es klingelt. »Mein Essen ist da, Moment«, sagt Masaki und steht auf, als es plötzlich knallt und sich seine Kamera schwindelerregend schnell dreht. Sein aufgestelltes Smartphone muss weggerutscht sein, sodass kurz die Wand und ein Fenster zu erkennen sind. »Ups.« Er richtet das Handy wieder auf. »Sorry«, sagt er, und ich werde ein wenig verlegen, weil es sich anfühlt, als hätte er mich persönlich angesprochen. Als es auf der anderen Seite des Bildschirms still wird, dringt ein Brodeln von außerhalb der Kopfhörer an meine Ohren, das immer lauter wird. Ich gehe in die Küche und sehe, dass das Wasser schon übergekocht ist. Ich stelle den Herd aus und gieße mit der linken Hand Wasser in die Suppenschüssel, wobei mir mein Handy beinahe aus der rechten rutscht. Masaki ist wohl zurückgekommen, denn ich höre ihn laut lachen, was er nicht oft tut. Mist, denke ich. Ich habe verpasst, weshalb er lacht. Am liebsten hätte ich das Video zurückgespult, aber ich will ihn mir in Echtzeit ansehen, also muss ich warten und die Aufnahme später noch einmal abspielen. Genau genommen gibt es auch bei einer Liveübertragung eine Zeitverzögerung, aber die ist, anders als bei editierten DVDs oder CDs, nur minimal. Deshalb kommt es mir irgendwie vor, als ob sich durchs Video Masakis Wärme übertragen würde. Hinter den Fenstern, die ich geschlossen habe, weil die Heizung läuft, färbt ein plötzlicher Regenschauer die Steinmauer schwarz.

Masaki zeigt uns die Box mit dem gelieferten Essen,

das praktisch nur aus Lachs-Sushi besteht, womit ihn mehrere Teilnehmer des Live-Chats aufziehen. Er hat die Angewohnheit, immer dasselbe zu essen, wenn ihm etwas gut schmeckt. Jemand fragt ihn, ob er es nicht irgendwann überhabe. »Ich will meinen Magen nur mit Dingen füllen, die ich wirklich mag«, erwidert Masaki ernst. »Wow, ist das Lachs-Sushi lecker«, sagt er, als er sich mit einem angedeuteten Lächeln das nächste Stück Sushi in den Mund schiebt. Selbst die Reiskörner, die an der Packung kleben, sammelt er sorgfältig mit seinen Stäbchen auf und verfällt dabei in konzentriertes Schweigen. Während ich in meinem dämmrigen Wohnzimmer auf den zusammengepappten Nudeln kaue, poppt auf dem Bildschirm <Schleimst dich ganz schön bei den Fans ein, weil niemand deine Konzerttickets kauft, was?> auf. Derselbe User postet daraufhin in einem fort Kommentare wie <Biomüll wie du gehört auf den Kompost> oder <Wer zum Konzert von diesem Typen geht, ist ein irrer Fanatiker>. Es sind so viele, dass Masaki sie nicht übersehen kann. Normalerweise ignoriert er solche Kommentare und lässt sich nichts anmerken, aber heute klingt er viel wütender als bei Fernseh- oder Radioauftritten, als er sagt: »Wer nicht kommen will, soll es halt lassen. Ich habe genug Publikum.« Masaki legt seine Stäbchen auf den Tisch. Es wird hitzig in der Kommentarspalte.

Masaki rückt langsam das Kissen hinter sich auf dem

Sofa zurecht, fast so, als wäre es eine Verkörperung seiner Gefühle, die es zu beruhigen gilt. »Na ja«, sagt er dann und atmet schwer aus. »Mit dem nächsten Mal ist es sowieso vorbei.«

Die Worte klingen gepresst. Sie kommen nicht ganz bei mir an. In der Kommentarspalte häufen sich sofort Fragen von Fans, die nicht verstehen, was er meint. Hier und da reagiert auch noch jemand mit Verzögerung auf die Hasskommentare.

»Bestimmt wird mir später wieder vorgeworfen, dass ich es hier in diesem Format angekündigt habe, aber die Pressemitteilung erscheint sowieso bald auf der Website. Ihr sollt es wenigstens aus meinem eigenen Mund erfahren.«

Masaki schraubt den Deckel seiner Colaflasche mit einem Knacken auf und trinkt sie bis kurz unters Label leer.

»Ob ich aus der Band austrete? Nein, wir lösen uns auf.«

<Was?> <???> <Stopp, stopp, stopp.> <Äähm ...> <Nicht im Ernst.>

Lauter ungläubige, teilweise kritische Stimmen melden sich zu Wort. <Mal wieder typisch für den selbstsüchtigen Herrn Ueno.> <Ich bin dein Fan, aber ist das nicht ein bisschen egoistisch? Die anderen Bandmitglieder tun mir leid.> <Du hättest bis zur offiziellen Pressemitteilung warten sollen ...> <Ihr hättet euch das Drama damals auch sparen und euch sofort auflösen können.>

Masaki blickt auf die Uhr. »Mit dem Rest sollte ich wohl besser bis zur Pressekonferenz warten«, sagt er und verfolgt dann eine Zeit lang stumm die Kommentare, die in atemberaubender Geschwindigkeit über den Bildschirm rasen. »Ja, wirklich«, flüstert er, ohne sich auf etwas Bestimmtes zu beziehen.

»Tut mir leid, aber ich wollte es denen, die immer hier zu den Livestreams kommen, zuerst sagen. Pressekonferenzen fühlen sich nicht wie eine Unterhaltung an. Ich mag das nicht, diese Einseitigkeit.«

<Deine Entscheidung ist auch einseitig.> <Ich will das nicht glauben.> <Ich fühle mich krass hintergangen, lol.> <Das heißt, morgen gibt's die PR-Konferenz?> <Ich heule.> <Das kommt viel zu unerwartet. Was soll ich denn jetzt machen?>

»Sorry. Ich bin ganz schön egoistisch, was?«

Masaki lacht gequält. »Natürlich weiß ich das«, fügt er hinzu.

»Danke für alles. Danke, dass ihr jemandem wie mir so treu geblieben seid.«

Während weiterhin massenhaft irritierte Kommentare über den Bildschirm laufen, stößt mir der Ausdruck »jemandem wie mir« auf, den Masaki noch nie verwendet hat.

»Bis dann«, sagt er, lässt die Übertragung aber noch weiterlaufen. Er scheint die Kommentare zu lesen und auf irgendetwas zu warten. Ich will ihm auch etwas schreiben, finde aber keine Worte. Irgendwann atmet Masaki tief aus, als hätte er eingesehen, dass es kein Ende nehmen würde, und stoppt das Video.

Erst als die Übertragung zu Ende ist, merke ich, dass der Regen aufgehört hat. Vögel fliegen in gerader Linie über den dämmrigen Himmel. Während ich sehe, wie sie hinter der Steinmauer verschwinden, fühle ich mich, als hätte sich mein Körper abgeschaltet.

In jedem Fettauge, das an der Oberfläche der nach Hühnerbrühe riechenden Suppe schwimmt, spiegelt sich das Neonlicht der Deckenlampe. Die Enden der teigigen Nudeln kleben am Rand der Schüssel. In drei Tagen wird die restliche Suppe eine Kruste gebildet haben, in einer Woche wird sie einen seltsamen Geruch verbreiten, und in einem Monat ist die Schüssel dann schon ein Teil meiner gewohnten Landschaft. Manchmal kommt meine Mutter vorbei und zwingt mich dazu, das Wohnzimmer und die Küche aufzuräumen, aber es wird sofort wieder dreckig. Der Boden ist mit allerlei Gegenständen übersät, und als ich barfuß das Zimmer durchquere, heftet sich eine alte Plastiktüte von irgendwann, an der der schwarz gewordene Saft einer Ananas klebt, an meine Füße. Ich will duschen, weil mein Rücken juckt, aber als ich in den Garten gehe, um mir frische Unterwäsche und einen frischen Schlafanzug von der Wäscheleine zu holen, wird mir schlagartig etwas klar.

Ich habe den Regenschauer bemerkt und bin mir

auch der Wäsche, die zum Trocknen im Garten hängt, bewusst gewesen, aber diese beiden Tatsachen haben sich in meinem Kopf nicht miteinander verknüpft. Ich kann nicht sagen, wie oft mir das seit meinem Umzug in dieses Haus schon passiert ist. Auf der sich biegenden Leine drängt sich triefende Wäsche und ich frage mich mal wieder, ob ich jetzt alles noch mal waschen muss. Während ich ein Handtuch auswringe, hallt das schwere Klatschen des Wassers auf dem Rasen in meinem hohlen Körper wider. Für mich sind die Schwere des Wassers und die Beschwerlichkeit, sich um all das zu kümmern, ein und dasselbe, also wringe ich die Klamotten nur aus und lasse sie auf der Leine. Irgendwann werden sie schon trocknen.

Das Gefühl der Schwere lässt mich nicht los. Es sind vier Monate vergangen, seit ich ins Haus meiner Großmutter gezogen bin. Eigentlich hätte ich die Zeit nutzen sollen, um mir einen richtigen Job zu suchen, aber mir ist nicht wirklich klar, was ich genau dafür tun muss. Bei einer Firma in der Nähe, die ich im Netz gefunden habe, wurde ich nicht genommen, weil ich im Bewerbungsgespräch nicht erklären konnte, warum ich die Schule abgebrochen habe. Für einen Nebenjob habe ich mich auch beworben, aber weil man mir dort dieselbe Frage gestellt hat, wurde ich wieder abgelehnt. Danach habe ich die Jobsuche schleifen lassen.

Ich kaufe mir eine Cola und trinke sie wie Masaki in

einem Zug bis kurz unters Label aus, denke ich. Ich stecke mir mein Handy und mein Portemonnaie in die Gesäßtasche, ziehe einen dünnen Daunenmantel über und verlasse das Haus. Viele ganz unterschiedliche Menschen sind unterwegs. Ein kleiner Junge läuft hinter seiner Mutter her, die einen Buggy schiebt, er überholt sie und wird kurz darauf von ihr wieder eingeholt, während er aus seinen behandschuhten Händen irgendetwas auf den Weg streut. Je älter die Menschen sind, desto fester wirken ihre Schritte, als ob sie eine schwere Last auf ihren Rücken tragen, die sie nicht versehentlich fallen lassen dürfen. Während ich eine Straße hinunterlaufe, geht rechts von mir ein Neonschild mit dem Schriftzug COFFEE an. Die Dunkelheit wird dichter.

Als ich auf dem großen Parkplatz des Convenience Stores neben der Hauptstraße ankomme, höre ich das leise Miauen einer Katze. In meinem Portemonnaie befindet sich nicht einmal mehr genug Kleingeld für eine Cola. Ich gehe zum Bankautomaten und schiebe meine Karte hinein, um dreitausend Yen abzuheben. Anscheinend habe ich mich vertippt, denn eine elektronische Stimme sagt laut: »Falsche PIN, bitte wiederholen Sie den Vorgang«, also passe ich ganz genau auf, als ich zum zweiten Mal Masakis Geburtsdatum eingebe. Meine Eltern haben mir bislang dreimal Geld auf das Konto überwiesen, das sie für mich eingerichtet haben, und meine Mutter wird schon ungeduldig und nervt ständig, sie könne nicht mehr für mich zahlen und ich müsse mir meinen Unterhalt selbst verdienen. »Wann fängst du endlich an zu arbeiten?« »Wir können dich nicht ewig aushalten.« »Ich komme demnächst vorbei.«

Diesen Monat ist der Betrag geringer als zuvor, aber zumindest haben sie mir etwas überwiesen. Ich kaufe mir eine Cola, stelle mich neben einen Mann, der draußen bei den Aschenbechern mit vor Kälte zusammengezogenen Schultern raucht, und nehme einen langen Schluck von dem Getränk. Die Kohlensäure fließt durch meinen Hals und kriecht dann wieder meine Speiseröhre hinauf. In meiner Brust schäumt es, und ich merke, dass es ein Fehler war, an einem kalten Tag wie diesem ein gekühltes kohlensäurehaltiges Getränk zu trinken. Zigarettenqualm kitzelt meine Augenwinkel und greift meine Schleimhäute an. Ich nehme die Flasche vom Mund und sehe, dass sie noch bis knapp übers Label mit Cola gefüllt ist, ich also kaum etwas getrunken habe.

Ein Star wird ein Mensch. Bitte sprechen Sie mich nicht an, wenn Sie mich in der Stadt sehen sollten, ich bin jetzt kein Star mehr, würde Masaki bestimmt sagen. Und tatsächlich verwendet er am nächsten Tag, als ich ihn in den Nachrichten sehe, fast genau denselben Wortlaut.

Die Pressekonferenz ist eine einzige große Entschuldigung. Alle Bandmitglieder tragen einen Anzug oder ein Kostüm, und nur ihre Hemden, die blass in ihrer jeweiligen Mitgliedsfarbe schimmern, lockern den ernsten Eindruck ein wenig auf. Jedes Mal, wenn eine Kamera aufblitzt, wird Masakis dunkle Iris kurz hellbraun. Er hat Ringe unter den Augen. Die Bandmitglieder verbeugen sich gleichzeitig aber in unterschiedlichen Winkeln, wobei Akihito die tiefste und Masaki die leichteste Verbeugung macht. Außer Mifuyu, deren Augen rot und verweint sind, und Masaki haben alle Mitglieder ihre Mundwinkel zu einem verkrampften Lächeln nach oben gezogen, als hingen sie an Marionettenfäden.

Akihito nimmt das Mikro in die Hand. »Vielen Dank, dass Sie sich heute hier versammelt haben«, sagt er. Es ist Zeit für die Fragen der Journalisten. Ich schlage mein Notizbuch auf und mache einen schwarzen Kringel für meinen ersten Stichpunkt. Wollen neuen Karriereabschnitt beginnen. Vorwärtsgerichtete Entscheidung. Einvernehmlicher Beschluss. Ich schreibe und schreibe, aber die Hintergründe der Bandauflösung bleiben mir bis zuletzt schleierhaft. Die fünf Mitglieder, die an einem langen weißen Tisch sitzen, halten nacheinander eine kurze Ansprache, und dann ist Masaki an der Reihe. »Außerdem werde ich, Masaki Ueno, die Auflösung der Band als Anlass nehmen, um aus dem Showbusiness auszusteigen. Falls Sie mir von nun an zufällig irgendwo begegnen sollten, würde ich Sie bitten, mich weder wie ein Idol noch wie einen Star, sondern wie eine Privatperson zu behandeln und mir meinen Freiraum zu lassen …«

Dass er das sagen würde, habe ich vorausgesehen, also überrascht es mich kaum. Was mir dagegen den Atem raubt, ist der silberne Ring an seinem linken Ringfinger. Als ich sehe, wie er die linke Hand auf dem Tisch demonstrativ über die rechte legt, wird mir klar, dass er den Ring nicht verstecken will, dass er uns mit dieser Geste vielleicht sogar eine stille Botschaft schickt. Masakis ungewohnt höfliche Sprechweise hallt noch in meinen Ohren nach, nachdem die Pressekonferenz zu Ende ist. Über die Bandauflösung, das letzte Konzert und die Gerüchte um Masakis bevorstehende Hochzeit wird noch mehr gepostet als damals über Masakis Skandal, und zeitweilig schafft es »Masakiheiratet« sogar in die Twitter-Trends. <Stoppstoppstopp, ich komm darauf nicht klar.> <Mifuyu sieht gar nicht happy aus, sie tut mir voll leid.> <Eigentlich will ich mich für Masaki freuen, aber ich kann nicht aufhören zu heulen.> <Der Ring ist nicht bloß ein Modeaccessoire, oder?!> <Am liebsten würde ich inkognito auf Masakis Hochzeit erscheinen, ihm als Geschenk hunderttausend Yen in einem Umschlag dalassen und ganz cool wieder abdampfen.> <Ist er daran schuld, dass sich die Band aufgelöst hat?!> <Warum tritt dann nicht er alleine aus?> <Für wen hält dieser Kerl seine Fans?????? Weiß er überhaupt, wie viel Geld ich für ihn ausgegeben habe???? Hallo?????? Kann er seine Beziehung nicht wenigstens vor uns geheim halten????????> <Die unzähligen Vergehen des Masaki

Ueno aka Biomüll → »Schlägt Fan und löst Shitstorm aus«, »Kündigt im Alleingang Rücktritt an«, »Deutet auf Pressekonferenz der Band an, dass er heiratet«, »Soll mit Frau verlobt sein, die er geschlagen hat« <Die totale Enttäuschung für seine Fans.> <Ich kriege keinen Bissen runter, und mein Kopf schwirrt. Soll er heiraten und machen, was er will, aber kann er bitte Akihito nicht mit reinziehen?> <Hä, wieso beschweren sich alle? Ist doch ein Grund zum Feiern. Finde die Neuigkeiten total schön.> <Eine ehemalige Freundin, die Masaki-Fan ist, meinte, für mich sei es nur halb so schlimm, weil mein Idol Sena ja noch im Showbusiness bleibt ^^ ... Ähm, danke, aber wegen Masaki kann ich mein Idol jetzt nicht mehr in der Band auf der Bühne sehen ^^ ...> <Hättet ihr auch Bock, zu sterben und als Masakis Kinder wiedergeboren zu werden? Treffen wir uns im nächsten Leben!> <Stimmt es echt, dass seine Freundin der Fan ist, den er damals geschlagen hat?> Es kommt mir vor, als ob ich mit meinem scrollenden Daumen ins Smartphone gesogen werde und in der Stimmenflut ertrinke. Ich habe ein ähnliches Gefühl wie an dem Tag, als ich nach der Schule auf dem Weg zur Voraufführung eines Filmes mit Masaki orientierungslos durch den Bahnhof in Shibuya geirrt bin. Massenweise Sportschuhe, Lederschuhe und Pumps, die mit unterschiedlichen Geräuschen auf ein endloses Muster aus schmutzigen Betonfliesen und gelbem Leitstreifen treten. Schweiß und Fingerabdrücke an

Säulen und Treppengeländern, menschlicher Atem, der sich im Inneren immergleicher quadratischer Bahnwaggons sammelt. Menschen, die sich in Aufzüge drängen und in Hochhäuser gesogen werden, deren Stockwerke wie mit copy and paste übereinandergestapelt sind. Inmitten mechanischer Wiederholungen bewegen sich Menschen. Jeder Post sitzt in einem rechteckigen Kasten, jeder Kreis ist mit einem Icon ausgefüllt, und es wird in derselben Schriftart gebetet und geschimpft. Ich und meine Beiträge sind ein Teil davon.

Ich beobachte erstarrt das Treiben, bis mich ein Kommentar aufrüttelt wie ein unsanfter Stoß. Wenn ein Fremder dich anrempelt, wird sein Rücken auf einmal in einer Masse aus Menschen sichtbar, ähnlich bleibt mein Blick an den Worten <Krass, man hat herausgefunden, wo er wohnt> hängen. Ich klicke wie ferngesteuert auf den angehängten Link zu einem Forum.

Es fing mit der Story eines Lieferdienstfahrers an, der vor einigen Monaten schrieb, er sei total überrascht gewesen, als ihm bei einer Lieferung Masaki Ueno die Tür geöffnet habe. Der Beitrag wurde sofort gelöscht, aber jemand hatte einen Screenshot gemacht, der in Umlauf kam, woraufhin anhand anderer Beiträge des Fahrers dessen ungefähre Arbeitsgegend abgeleitet wurde. Dann war gestern bei Masakis Instalive sein Handy umgekippt, und man sah für einen kurzen Moment den Ausblick aus seinem Fenster, wodurch es möglich geworden war, sein Wohngebäude zu identifizieren. Was für ein unglaubliches Pech, denke ich. Direkt nach seinem Rücktritt und seiner Bitte, ihn in Ruhe zu lassen, kann jetzt jeder wissen, wo er wohnt. Bestimmt werden ihm Fans auflauern und versuchen, ihn zu treffen. Falls er mit seiner Verlobten zusammenlebt, gerät vielleicht auch sie in Schwierigkeiten.

Nichts von alldem, was ich seit gestern erfahren habe, fühlt sich real an. Ich nehme die Informationen wie eine unbeteiligte Beobachterin auf. Dabei verpasse ich es, den Schock darüber, dass mein Idol bald nicht mehr da sein wird, sinken zu lassen.

Ich kann nichts anderes tun, als ihm treu zu bleiben, denke ich. Fan zu sein ist meine Überlebensstrategie. Es ist mein Karma. Also beschließe ich, ihm bei seinem letzten Konzert alles zu geben, was ich zu diesem Zeitpunkt besitze.

Es weht ein starker Wind. Das Wetter hat sich seit dem Morgen dramatisch verschlechtert, und jetzt ist es auch im Inneren des von Betonwänden umschlossenen Gebäudes dunkel und nass. Ein Donner dröhnt, als würde er den Himmel herunterreißen, und Blitze lassen die Risse in den Wänden und die Poren im Zement weiß aufleuchten. Am Ende einer langen Menschenschlange befinden sich die Toiletten. Als ich endlich den verspiegelten weißen Raum betrete, wimmelt es dort nur so vor Farben. Grüne Schleifen, gelbe Kleider, rote Miniröcke. Mein Blick trifft sich im Spiegel mit dem einer Frau mit blauem Lidschatten, die gerade Make-up unter ihre rot verheulten Augen klopft, als ich die Platzanweiserin »Die Nächste bitte« sagen höre und eine der Toilettenkabinen betrete. Ich bin immer noch bis in die Spitzen meiner auf die Schultern fallenden Haare aufgeregt. Die Erregung strömt geschmeidig und warm von meinen Ohren in mein Herz und lässt es wild pochen.

Von dem Moment an, als der erste Konzertteil begonnen hat und die Fans in Jubel ausgebrochen sind, habe ich nur noch Masakis Namen gerufen und bin ganz im Anfeuern aufgegangen. Sekunde um Sekunde reiße ich im Gleichtakt mit Masaki die Hände in die Luft, singe schreiend seine Lieder mit und hüpfe auf und ab, bis Masakis japsender Atem in meiner Kehle widerhallt und ich Stiche in der Brust verspüre. Ihn auf dem großen Monitor heftig schwitzen zu sehen, reicht aus, um auch mir den Schweiß aus den Poren zu treiben. Mit Masaki zu verschmelzen, rüttelt mich wach. Er bringt etwas, das ich aufgegeben habe, etwas, auf das ich für meinen Alltag verzichtet habe, das ich unterdrückt und erstickt habe, wieder an die Oberfläche. Nur deshalb will ich ihn analysieren und verstehen. Ich will mich selbst spüren, indem ich ihn spüre. Ich liebe jede Regung seiner Seele.

Und während ich wie getrieben tanze, um mit ihm im Einklang zu sein, liebe ich auch meine eigene Seele. Schrei, schrei, fordert mich Masakis ganzer Körper auf. Also schreie ich. Ich lasse die Schwere meines lästigen Lebens wie einen Wirbelsturm, der plötzlich losbricht und alles in seiner Umgebung niedermäht, auf ihn prallen und schreie.

Der erste Teil des Konzerts endet mit Masakis Solo. In einem Meer aus schwankenden blauen Lichtern tritt Masaki auf die Bühne, und als er die Fingerspitzen seiner linken Hand an die Saiten seiner Gitarre legt, strahlt sein silberner Ring so weiß, als wäre er etwas Heiliges. Dass er ihn auch jetzt nicht ablegt, sieht ihm ähnlich. Masaki fängt an zu singen und scheint dabei eine Geschichte zu erzählen, und in dem Moment merke ich, dass der kleine Junge von damals erwachsen geworden ist. Eigentlich war er das schon lange, aber erst jetzt sinkt die Erkenntnis ein. Der Junge, der laut gerufen hat, er wolle niemals erwachsen werden, bewegt seine Finger so zärtlich, als streichele er jemanden, wobei er von Mal zu Mal stürmischer wird. Masaki nimmt das Schlagzeug und den Bass auf, die als Begleitung einsetzen, und singt mit voller Stimme weiter. Er klingt ganz anders als auf der CD, bei der ich von Anfang bis Ende das Gefühl hatte, er unterdrücke etwas. Masaki erschafft sein Lied neu, indem er die Emotionen im Publikum, die wogenden blauen Lichter und alle unsere Atemzüge in sich aufnimmt und in Form von Gesang aus seinem blassrot geschminkten Mund wieder herauslässt. Ich höre diesen Song zum ersten Mal, denke ich. In dem kuppelförmigen Konzertsaal mit seinen Tausenden Lichtern und Besuchern habe ich mich beengt gefühlt, aber Masaki hat es geschafft, uns alle in ein warmes Licht zu hüllen.

Ich sitze auf der Toilettenbrille. Kälte kriecht meinen Rücken hinauf. Ähnlich wie sich ein Körper nach viel Schwitzen oder einem heißen Bad schnell abkühlt, wird er auch nach großer Aufregung schlagartig wieder kalt. Während ich mir in der kleinen Toilettenkabine bewusst mache, was ich vor etwa fünf Minuten erlebt habe, fährt eine pechschwarze innere Kälte, die ich noch nie zuvor verspürt habe, klirrend durch meinen Körper.

Es ist fast vorbei, denke ich. Obwohl er so süß ist, obwohl er mir so unglaublich lieb und teuer ist, ist es fast vorbei. Die Wände der Toilette schneiden mich von der ruhelosen Außenwelt ab. Alle meine Organe, die noch bis eben vor Erregung gezuckt haben, gefrieren nacheinander zu Eis, und als die Kälte meine Wirbelsäule erreicht, denke ich nur noch: Bitte nicht. Bitte nicht. Ich denke es immer und immer wieder, ohne genau zu wissen, was ich damit meine. Bitte nicht. Nehmt mir nicht meinen Mittelpunkt, meine Wirbelsäule. Ohne Masaki kann ich nicht weiterleben, wirklich nicht. Dann erkenne ich mich selbst nicht mehr, akzeptiere mich nicht mehr. Tränen strömen wie Angstschweiß über meine Wangen. Gleichzeitig tröpfelt Urin lächerlich plätschernd in die Toilettenschüssel. Ich fühle mich allein. Meine Knie schlottern vor kaum auszuhaltender Einsamkeit.

Vor dem Toilettenausgang steht wieder die Frau mit dem blauen Lidschatten. Sie spielt mit ihrem Handy. Ich nehme wahr, wie ihr Blick über den Bildschirm gleitet, klemme mir meine Handtasche unter den Arm und mache mich auf den Weg zurück zu meinem Platz. Mein Handy liegt eingeschaltet in meiner Handtasche und hat verbotenerweise eine Aufnahme-App laufen. Ich will so schnell wie möglich zurück in den hitzigen Konzertsaal. Ich will Masakis Lieder bis in alle Ewigkeit in mir erklingen lassen. Ich habe keine Ahnung, wie ich nach dem Konzert, wenn mir nichts mehr bleibt, weiterleben soll. Ich bin nicht ich, wenn ich nicht Masakis Fan bin. Ein Leben ohne ihn ist nur noch ein Warten auf den Tod.

Wie ihr alle wisst, ist mein Idol Masaki Ueno nach dem letzten Konzert, das vor Kurzem in Tokyo stattfand, aus dem Showbusiness ausgetreten. Ehrlich gesagt habe ich es selbst noch nicht richtig verarbeitet, weil alles so plötzlich kam, aber mein Blog hat mir schon oft geholfen, meine Gedanken zu ordnen, also möchte ich euch meine Eindrücke von der Veranstaltung schildern, während ich Masaki noch deutlich vor mir sehe.

Am Tag des Konzerts habe ich mich in meinem Lieblingskleid mit einem blauen Blumenmuster und mit einer blauen Schleife im Haar, also im absoluten Masaki-Fan-Outfit, ins Getümmel gestürzt. Wegen der Kälte habe ich mir noch einen blauen Mantel übergezogen, wodurch meine Aufmachung eisigkalt aussah, aber was soll man machen, Blau ist nun mal Masakis Mitgliedsfarbe. Auf dem Weg zum Konzert musste ich grinsen, weil ich eins dieser typischen Groupie-Erlebnisse hatte, es saßen nämlich lauter Mädchen in bunten Klamotten in der Bahn, die offensichtlich dasselbe vorhatten wie ich. Obwohl ich die allererste Bahn genommen hatte, war vor dem Fanartikelstand schon eine lange Schlange. Ich habe mir einen limitierten Leuchtstab, ein Konzerthandtuch und alle Fotos der Osakavorführung gekauft und dazu noch ein paar Dinge, an denen ich normalerweise vorbeigegangen wäre, nämlich einen Kapuzenpulli, ein T-Shirt, ein blaues Armband und eine Baseballcap. Die Best-of-CD, die zur Bandauflösung herausgekommen ist, hatte ich schon, aber als ich gesehen habe, dass es ein Gimmick dazu gibt, wenn man sie auf dem Konzert kauft, habe ich, ohne zu zögern, noch mal zugeschlagen. Mehrere Stunden später war dann Einlass. Ich bin ein paar Mal zur Toilette gegangen, um mein Make-up aufzufrischen, nicht dass es irgendwen *interessiert hätte. Dann wurde ein Vorhang in Akihitos Rot, Masakis Blau, Mifuyus Gelb, Senas Grün und Minas Lila heruntergelassen und man durfte Fotos machen, die ich hier poste. Unten auf dem Vorhang haben alle Bandmitglieder unterschrieben, könnt ihr es sehen?*

Aber nun zur Hauptsache: Masaki. Eigentlich muss ich gar nichts sagen. Er war perfekt. Masaki ist in einem Kostüm, das aussah wie aus schillernden blauen Fischschuppen, als Zweiter von links auf die Bühne geschwebt. Eine Himmelsfee, habe ich gedacht. Sobald ich ihn mit meinem Fernglas gefunden hatte, bestand meine Welt nur noch aus Masaki. Er hat mit verschwitztem Gesicht und zusammengepressten Lippen mit seinem typischen Blick nach vorn gestarrt und sein Haar beim Tanzen hin und her geschwungen, sodass ich immer wieder kurz seine Schläfen sehen konnte, und dabei dachte ich: Er lebt. Masaki lebt. Ich konnte sehen, wie er sein typisches Lächeln lächelt, das immer ein bisschen gehässig aussieht, weil er nur den linken Mundwinkel anhebt, und ich konnte ihn blinzeln sehen, was er bei Konzerten extrem selten tut, und ich konnte sehen, wie er über die Bühne schwebte, als wäre ihm die Schwerkraft total egal, und dabei wurde mir heiß bis ins Mark. Und dann dachte ich nur noch: Es ist vorbei.

Es ist 3:17 Uhr nachts. Mich überkommt ein unheimliches Gefühl, das an ein anhaltendes Dröhnen in einer mit Meerwasser gefüllten Höhle erinnert. Es schwappt durch meinen Körper und verwandelt sich in einen stechenden Schmerz, wie man ihn spürt, wenn man jedes Hungergefühl überwunden hat und sich auf leeren Magen übergibt. Masakis Gesicht auf den Fotos, die ich beim Umzug ins Haus meiner Großmutter mitgenommen und wieder an die Wände gehängt habe, schimmert blass in der Dunkelheit. Sein Umriss wirkt seltsam fremd. Zum ersten Mal wird mir deutlich bewusst, dass dort nicht der jetzige Masaki abgebildet ist, wodurch alle Fotos wie die eines Toten aussehen. Ich muss an einen Besuch bei Verwandten in Kyushu denken, in meiner Kindheit, als mir schlecht geworden ist, nachdem ich eine der Mandarinen vom buddhistischen Hausaltar gegessen habe. Ich saß auf den neuen, noch nach frischem Bambus riechenden Tatamimatten und biss in die Mandarinenspalte, die mir meine Tante hingehalten hatte. Noch bevor ich die weißliche Haut zerkaut hatte, floss der Saft meinen Hals hinunter und mir wurde schlecht. Die Mandarine hatte kein bisschen Säure und war labbrig und viel zu süß, weil sie schon so lange vor dem Altar gelegen hatte. Ich erinnere mich noch, dass ich damals dachte, man hätte sie gar nicht erst opfern, sondern gleich essen sollen. »Opfergaben für die Toten sind sinnlos«, habe ich gesagt. Ich weiß nicht mehr, was meine Tante geantwortet hat, aber als ich vor einiger Zeit die Geburtstagstorte für Masaki gekauft habe, habe ich den

Sinn von Opfergaben endlich begriffen. Ich habe von dem in Sahnebergen begrabenen Schokoplättchen mit Masakis Gesicht darauf abgebissen wie von der Mandarine vor dem Hausaltar. Aber eigentlich besteht der Sinn von Opfergaben im Darbringen, im Kaufen. Wenn man sie isst, sind sie längst wertlos.

Bei meinem heimlichen Mitschnitt habe ich nur den Jubel des Publikums aufgenommen. Fußgestampfe und tränenerstickte Rufe übertönen Gesang und Musik, die nur ganz leise und mit Unterbrechungen zu hören sind. Vielleicht wäre es besser gewesen, man hätte mich entdeckt und mir die Aufnahme weggenommen. Ich habe die Gelegenheit verpasst, einen Schlussstrich zu ziehen. Seit jenem Tag irre ich wie ein Geist umher, der sich noch zu sehr ans Leben klammert, um diese Welt zu verlassen.

Die Finsternis ist lauwarm und riecht nach Moder. Ich stehe auf, um Wasser zu trinken. Das metallische Surren des Kühlschranks klingt um ein Vielfaches lauter als sonst, es macht die Stille umso dichter und drückender. Ich schalte mein Handy ein. Das grellweiße Licht, das mein Gesicht von unten beleuchtet, blendet mich, aber es kann die Nacht, die Garten und Flur durchdringt, nicht bezwingen. Ich mache den Fernseher an, weil ich die Grenze zwischen Licht und Dunkelheit so weit von mir wegschieben will wie irgend möglich. Im Player steckt noch eine DVD, und ich spiele sie ab. Als ich zu Masakis Solo bei Minute zweiundfünfzig, Sekunde siebzehn springe, streckt er gerade die Hand aus, in der er nicht das Mikro hält, und kommt dann mit dem Gesicht nach unten zum Stehen. Seine Beine, die ihn durch den weißen Nebel auf der Bühne getragen haben und nun fest auf dem Boden stehen, spannen sich an, und ich sehe, wie sich seine Muskeln bewegen. Er ist noch so muskulös wie immer, denke ich und notiere die Beobachtung für meinen Blog. Die Bewegung der Muskeln ist fließend. Masaki trägt eine Kette mit einer blauen Feder um den Hals, die sich umgedreht hat, und anhand der Lichtreflexe auf dem silbern glitzernden Rand ist zu erkennen, dass sich seine verschwitzte Brust ganz leicht hebt und wieder senkt. Für einen perfekten Stillstand hätte er seinen Atem und seine Anspannung konstant in Richtung Körpermitte lenken müssen.

Es ist Morgen, als ich die Aufnahme zu Ende geschaut habe. Ich erkenne es nicht an den veränderten Lichtverhältnissen, sondern an dem Gefühl, dass sich mein von Nacht durchtränkter Körper seltsam schwebend anfühlt. Warum wird der Körper eines Ertrunkenen, der im Wasser versunken ist, nach seinem Tod auf natürliche Weise nach oben geschwemmt, frage ich mich. Ich schalte meinen Laptop ein, der noch aufgeklappt ist, und lösche: »Und dann dachte ich nur noch: Es ist vorbei.« Stattdessen tippe ich: »Ich kann nicht glauben, dass es vorbei sein soll«, aber auch diesen Satz lösche ich wieder Buchstabe für Buchstabe.

Wenn ich nicht weiß, was ich schreiben soll, hilft oft ein Spaziergang. Ich hänge mir eine kleine Tasche um die Schultern und trete nach draußen, wo der Himmel so strahlend blau ist, dass ich die Augen zusammenkneifen muss und es hinter meinen Lidern flimmert. Wie immer höre ich über Kopfhörer eine Ballade von Masaki, während ich zur Bahnstation laufe. Ich habe das Gefühl, es auf diese Weise überallhin zu schaffen. Die vorbeidonnernden Züge übertönen alle Geräusche. Direkt vor der Bahnsteigkante stoße ich mir den Fuß, der in einem blauen Turnschuh steckt, am Leitstreifen auf dem Boden, und ich stolpere beinahe. Während ich mich dann in einer fast leeren Bahn hin und her schaukeln lasse, sehe ich mir Masakis Fotos an, höre seine Lieder und lese mir Interviews von ihm im Netz durch. Das alles ist ein früherer Masaki.

Nach mehreren Malen Umsteigen erreiche ich den Bahnhof, zu dem ich wollte. Von dort nehme ich einen Bus. Ich kann nicht sagen, ob es an der ruppigen Fahrweise oder an meinem körperlichen Zustand liegt, aber die Vibration des Fahrzeugs rüttelt meinen leeren Magen so sehr durch, dass mir schon vom Anblick der blauen Sitzpolster schlecht wird und ich mich nur noch kraftlos gegen das Fenster lehnen kann. Wir lassen eine Einkaufsstraße hinter uns und schlängeln uns dann durch eine Straße mit mehreren Business-Hotels. Ich sehe durchs Fenster einen roten Briefkasten an mir vorbeiziehen, geparkte Fahrräder, die ineinander verschlungen dastehen, dunkelgrüne Bäume am Straßenrand, die so müde wirken, als hätten sie einen Sonnenstich. Meine Augäpfel huschen gehetzt vor und zurück, also schließe ich die Lider. Mehrmals schlägt mir die Fensterscheibe vom Gerüttel des Wagens gegen die Wange, und als ich meine Augen nach einem dieser Schläge wieder einen Spalt breit öffne, strahlt der Himmel noch blauer als zuvor. Ich nehme dieses Blau nicht mit den Augen wahr, sondern mit dem, was dahinter liegt, denke ich.

»Aussteigen, bitte. Bitte alle aussteigen. Endstatiooon.« Die gedehnte Ansage des Fahrers lässt mich in meiner Umhängetasche nach meiner Pasmo, der elektronischen Fahrkarte, wühlen. Ich greife nach meinem Portemonnaie und steche mich an der Nadel eines Metallbuttons, der daran befestigt gewesen ist und sich gelöst hat. »Beeilung bitte, die Damen und Herren«, ruft der Fahrer, als wendete er sich an den Bus, dabei bin ich der einzige Fahrgast. Nachdem ich ausgestiegen bin, muss ich alle Kraft zusammennehmen, um auf meinen zittrigen Beinen nicht umzuknicken. Ich denke an die Zahnstocher, die zum Ahnenfest in Gurken und Auberginen gesteckt werden, um sie wie vierbeinige Tiere aussehen zu lassen.

Als der Bus weggefahren ist, fühle ich mich in dieser fremden Wohngegend auf einmal wie ausgesetzt. Ich lasse mich auf eine verwitterte Bank sinken, die einst blau gewesen sein muss. Während ich mit der linken Hand meine Augen gegen die Sonne abschirme, zoome ich mit der rechten die Karte in der App näher heran, sehe mir an, wo ich mich befinde, und stehe auf. Ich laufe über einen Gully und höre das Geräusch von Wasser. Nach einer Weile kommt ein weiterer Gully, und wieder nehme ich das Rauschen wahr. Unter der Stadt fließt Wasser. Jemand schiebt klappernd einen Fensterladen hoch, und ich sehe innen auf dem Fenstersims eine verwelkte Topfpflanze stehen. Unter einem weißen Auto hockt eine Katze, deren Kopf fast auf dem Boden liegt und die in meine Richtung blickt. Nach einer Weile werden die Straßen schmaler und es tauchen Wege auf, die nicht auf der Karten-App angezeigt werden. Oft sind es Sackgassen. Mehrmals verlaufe ich mich, weil ich denke, eine davon würde mich ans Ziel führen. Nachdem ich mich an einem geparkten Auto vorbeigequetscht habe, dessen Heck weit auf die Straße hinausragt, über ein grasbewachsenes, leerstehendes Grundstück gestapft bin und den Fahrradstellplatz eines Wohngebäudes überquert habe, wird mein Blick freier.

Ich habe einen Fluss erreicht. Eine Straße mit einer verrosteten Leitplanke führt daran entlang in die Ferne. Ich folge ihr, bis mein Handy kurz surrt und mir anzeigt, dass ich mein Ziel erreicht habe. Die Leitplanke hat aufgehört, und auf der gegenüberliegenden Seite des Flusses sehe ich ein Wohngebäude.

Es wirkt ganz gewöhnlich. Ich kann nicht erkennen, wie es heißt, aber es ist mit Sicherheit dasselbe Gebäude, das im Netz gepostet wurde. Da ich mich ohne einen Plan auf den Weg gemacht habe, stehe ich nur da und schaue eine Zeit lang auf das Haus. Es ist nicht so, dass ich ihm begegnen will.

Plötzlich werden in der Wohnung oben rechts die Vorhänge zur Seite geschoben und die Tür zum Balkon öffnet sich mit einem Quietschen. Eine Frau mit kurzem Bob tritt mit einem voll beladenen Wäschegestell leicht wankend nach draußen. Sie hängt das Gestell an eine Stange über dem Balkon und atmet tief durch.

Es fehlt nicht viel und unsere Blicke würden sich begegnen, also sehe ich schnell weg. Ich gehe die Straße hinunter, als wäre ich nur zufällig vorbeigekommen, und werde dabei immer schneller, bis ich fast renne. Ich weiß nicht, in welcher der Wohnungen Masaki lebt, und wer diese Frau ist, ist mir egal. Selbst wenn es gar nicht sein Wohnhaus gewesen sein sollte, läuft es auf dasselbe hinaus.

Es war die frisch gewaschene Wäsche in ihren Armen, die mich spürbar verletzt hat. Eine einzige Bluse und ein einziges Paar Socken zeigen besser, wie das Leben eines Menschen aussieht, als all die Ordner, Fotos, CDs und Gegenstände, die ich unter größter Anstrengung in meinem Zimmer angehäuft habe. Masaki hat jemanden, der auch nach seinem Rückzug an seinem Leben teilhat.

Das bin nicht ich. Er ist kein Idol mehr, also kann ich ihn auch nicht mehr bis in alle Ewigkeit beobachten und analysieren. Mein Idol ist ein Mensch geworden.

Ich habe die Frage, warum Masaki jemanden geschlagen hat, die ganze Zeit verdrängt. Gleichzeitig hat sie mich nicht losgelassen. Ich weiß, dass ich die Antwort nicht finden kann, indem ich mir seine Wohnung von außen ansehe. Es ist mir unmöglich, ihn zu verstehen. Sein feindseliger Blick damals galt nicht nur den Journalisten, sondern allen Menschen außer ihm und dieser Frau.

Ich renne und renne, bis ich bei einem Tempelfriedhof ankomme. Die von der Sonne beschienenen Grabsteine stehen friedlich an ihren Plätzen. In einem kleinen, offenen Schuppen liegen neben einem Wasserhahn Kübel, Schöpfkellen und Besen. Blumen mit abgeschnittenen Stängeln sind auf dem Boden verstreut. Sie riechen nach offenen Wunden. Es ist ein ähnlicher Geruch, wie ihn die Druckgeschwüre meiner Großmutter damals im Krankenhaus verströmt haben. Mir kommt ihre Einäscherung in den Sinn. Ein Mensch brennt. Fleisch brennt und wird zu Knochen. Als meine Großmutter meine Mutter damals nicht aus Japan gehen lassen wollte, warf meine Mutter ihr an den Kopf, sie ernte nur das, was sie gesät habe. »Du bist nicht meine Tochter«, hatte meine Großmutter anscheinend immer wieder zu meiner Mutter gesagt, als diese noch ein Kind war. »Und jetzt willst du mich festhalten?«, schluchzte meine

Mutter. Ernten, was man sät. Was man tut, fällt auf einen selbst zurück. Ich habe meinen Körper geschunden, bis nur noch Knochen übrig waren. Dass ich mich für Masaki aufgeopfert habe, ist meine Saat. Ich wollte mein Leben lang nichts weiter als sein Fan sein. Aber jetzt, nachdem ich gestorben bin, schaffe ich es nicht einmal, meine Knochen selbst aufzusammeln.

Ich verlaufe mich immer wieder, nehme den falschen Bus und verliere beinahe mein Ticket. Es ist zwei Uhr nachmittags, als ich bei der Bahnstation in der Nähe des Hauses meiner Großmutter ankomme. Ich kehre zurück ins Haus. Dort wartet eine Wirklichkeit aus herumliegender Kleidung, verstreuten Haargummis, Akkuladern, Plastiktüten, leeren Taschentücher-Boxen und umgefallenen Taschen auf mich. Warum kriege ich es nicht hin, ganz normal zu leben? Warum schaffe ich nicht mal das absolute Minimum? Ich hatte nie vor, alles kaputt zu machen, alles ins Chaos zu stürzen. Die Dinge haben sich angestaut wie Giftstoffe im Körper eines Menschen, nur weil ich lebe. Mein Zuhause ist kaputt, nur weil ich lebe.

Ich weiß nicht, warum Masaki die Frau geschlagen hat, ob es Absicht war, ob er etwas, das ihm wichtig war, zerstören wollte. Ich werde es nicht erfahren. Bis in alle Ewigkeit nicht. Aber ich habe das Gefühl, mit diesem Ereignis auf eine tiefe Weise verbunden zu sein. Masaki hat damals eine Kraft freigelassen, die er bis zu jenem Zeitpunkt in seinen Blicken gefangen gehalten hat. Er hat zum ersten Mal die Öffentlichkeit völlig ausgeblendet und versucht, etwas zu zerstören. Und jetzt, mit anderthalb Jahren Verzögerung, strömt die Kraft jenes Augenblicks durch meinen Körper. Dabei habe ich immer gedacht, dass Masakis Schatten über meinem läge und ich die Wärme, den Atem und die inneren Regungen zweier Personen gleichzeitig spürte. Ich muss an den zwölfjährigen Peter Pan denken, der bitterlich weint, weil ihm ein Hund seinen Schatten entrissen hat. Schon immer, von meiner Geburt an, hat sich mein Körper schwer und störend angefühlt. Und jetzt will ich dem Zittern meines Fleisches endlich nachgeben und alles zerstören. Ich will nicht glauben, dass es einfach so kaputtgegangen ist, also mache ich es lieber selbst kaputt. Mein Blick wandert über den Tisch. Er bleibt an einer Schachtel Wattestäbchen hängen. Ich packe sie und reiße sie in die Höhe. Die Anspannung in meinem Bauch kriecht meine Wirbelsäule hoch, und ich atme ein. Mit einem Mal weitet sich mein Blick und alles färbt sich in der Farbe meines Fleisches. Ich reiße den Arm nach unten, reiße ihn mit aller Kraft nach unten, als ob ich die Wut auf mich selbst und die ganze Traurigkeit niederschmettern wollte.

Die Plastikschachtel knackt und kullert über den Boden. Wattestäbchen verteilen sich.

Ein Rabe kräht. Eine Zeit lang betrachte ich mein Zimmer in seiner Gesamtheit. Das helle Licht, das durch die Verandatür und das Fenster einfällt, legt alles schonungslos offen. Nicht mein Mittelpunkt, sondern alles zusammen macht mein bisheriges Leben aus, denke ich. Ich bin das alles, ich bin auch meine Knochen und auch mein Fleisch. Ich denke an den Moment, als ich kurz davor war, alles kaputt zu machen. Herumliegende Tassen, alte Schüsseln mit Suppe, eine Fernbedienung. Nachdem mein Blick kurz durch das Zimmer gewandert ist, entscheide ich mich für die Wattestäbchen, die leicht aufzuräumen sind. In mir steigt ein Lachen auf, das wie kleine Luftbläschen sofort wieder zerplatzt.

Ich hebe ein Wattestäbchen auf. Ich knie mich hin, senke den Kopf und hebe eines der Wattestäbchen auf, die ich selbst verstreut habe, so vorsichtig, als wäre es der Knochen einer Verstorbenen. Wenn ich sie alle aufgesammelt habe, muss ich noch ein Reisbällchen mit weißem Schimmel und eine leere Colaflasche wegräumen, aber zumindest sehe ich den langen, langen Weg, der mir bevorsteht, jetzt vor mir.

Das ist meine Art, durchs Leben zu gehen, denke ich, während ich auf allen vieren über den Boden krieche.

Mich auf zwei Beinen vorwärtszubewegen, hat mir nicht gelegen, also werde ich es erst einmal so versuchen. Mein Körper ist schwer. Ich hebe ein Wattestäbchen auf.

Aus Verantwortung für die Umwelt
hat sich der Verlag *Kiepenheuer & Witsch* zu einer
nachhaltigen Buchproduktion verpflichtet.
Der bewusste Umgang mit unseren Ressourcen,
der Schutz unseres Klimas und der Natur gehören zu
unseren obersten Unternehmenszielen.

Gemeinsam mit unseren Partnern und Lieferanten
setzen wir uns für eine klimaneutrale
Buchproduktion ein, die den Erwerb von
Klimazertifikaten zur Kompensation des
CO2-Ausstoßes einschließt.

Weitere Informationen finden Sie unter:
www.klimaneutralerverlag.de

FSC www.fsc.org
MIX
Papier aus verantwortungsvollen Quellen
FSC® C014496

1. Auflage 2023

Titel der Originalausgabe:
OSHI, MOYU by Rin Usami

Aus dem Japanischen von Luise Steggewentz

Covergestaltung: Marion Blomeyer/Lowlypaper
Covermotiv: © Getty Images/Kseniia Kapris/EyeEm
Gesetzt aus der Study
Satz: Buch-Werkstatt GmbH, Bad Aibling
Druck und Bindung: GGP Media GmbH, Pößneck

ISBN 978-3-462-00302-4